Über dieses Buch

Angesichts von Atomkraftwerken, Wettrüsten, Arbeitslosigkeit, Drogen und Alkohol – Lieder singen? Ja, gerade!
Dieser Band will einen Überblick geben über das neue, das engagierte Lied der letzten zehn Jahre, von so prominenten Sängern wie Biermann, Degenhardt und Reinhard Mey bis zu unbekannteren Liedermachern, von Anti-Atom-Songs bis zu neuen Kinderliedern. Der wachsende Unmut über die Zerstörung unserer Umwelt, über die Hilflosigkeit des Bürgers gegenüber Kapital und Bürokratie, über die Ferne der Mächtigen von den Bedürfnissen der Bevölkerung – sucht neue Formen friedlichen Protests. Die Zahl der Bürgerinitiativen nimmt beständig zu. Und die kritischen und bösen, verzweifelten und anklagenden neuen Texte der Musikanten sind ein wichtiges Ventil für die Ohnmacht, ein Mittel für jedermann, von seinen alltäglichen Sorgen, Ängsten und Hoffnungen zu erzählen: Es gibt ihn wieder, den »Marktplatz der Lieder«. So soll dieses Buch auch eine Hilfe sein, ein praktisches Sing-Buch und eine Aufforderung, eigene Lieder zu machen.

Über die Herausgeber

Walter Heimann, 1940 in Breslau geboren, studierte Musik, Philosophie, Soziologie, Romanistik und Musikwissenschaft in Freiburg i. Br.; er promovierte dort mit einer Arbeit über Bachs Harmonik; von 1972 bis 1976 Lehrer an Gymnasien in Trier und Bendorf; seitdem wissenschaftlicher Assistent an der Pädagogischen Hochschule Rheinland und Mitarbeiter des Instituts für Musikalische Volkskunde Neuss.

Ernst Klusen ist Professor der Pädagogischen Hochschule Rheinland, Abteilung Neuß, Begründer und langjähriger Leiter des dortigen Instituts für Musikalische Volkskunde, Verfasser mehrerer Buchveröffentlichungen zur Volksliederforschung, Mitarbeiter verschiedener Rundfunkanstalten.

Kritische Lieder der 70er Jahre

Herausgegeben
von Walter Heimann
und Ernst Klusen

Mit Illustrationen

Fischer
Taschenbuch
Verlag

Originalausgabe
September 1978
Fischer Taschenbuch Verlag

Umschlagentwurf: Jan Buchholz/Reni Hinsch
unter Verwendung eines Fotos (Foto: Hans Joachim Polhaus)

Fischer Taschenbuch Verlag GmbH, Frankfurt am Main
Für diese Ausgabe:

Satz und Notengrafik: Bibliomania GmbH, Frankfurt
Druck und Bindung: Clausen & Bosse, Leck
Printed in Germany
680-ISBN-3-596-22950-2

INHALT

Vorbemerkung 9

GEGEN ZERSTÖRUNG DER UMWELT
Heute noch! (Reinhard Mey) 12
In unsrer Stadt da stinkt's (Uwe Wandrey) 16
Der Müllberg (Jochen Unbehaun) 18
Rotes Liebeslied (Thomas Rother/Rolf Hucklenbruch) 21
Kartoffellied (Anni Becker) 23
Die andre Wacht am Rhein (Walter Moßmann) 25
Das KKW-hopp, hopp, hopp-Lied (anonym) 29
KKW-Song (Anni Becker) 33
Heimat (Tom Kanmacher) 37
Aufsatz über den Frühling im Revier 38
(Lieselotte Rauner/Frank Baier)
Über unsern Kohlenpott (Frank Baier) 39
Opa Weber (Frank Baier) 41
Die hilflose Oma (Ulli Hain) 43

GEGEN SPIESSERTUM UND SELBSTBETRUG
Wetterwende (Uwe Wandrey) 46
Kirche – wofür? (Lenfers/Janssens) 48
Deutscher Sonntag (Franz Josef Degenhardt) 50
Die Stadt, in der ich wohne (Fritz Graßhoff/Schobert Schulz) 54
In unsrer alde Stadt (Anni Becker) 56
Das bucklig Männlein (Richard Limpert) 59
Dat muß doch auch wat Späßken bringen (Frank Baier) 60
Wer's glaabt werd selig (Anni Becker) 62
Schlaftablettenblues (Michael Bauer) 63
Die goldene Freizeit (Wolfgang Marpurg/JZI Trittau) 65
Diplomatenjagd (Reinhard Mey) 67
Knast-Song (Anni Becker) 70
Das Lied vom Fernsehn (Anni Becker) 73
Wer nur den lieben Mann läßt walten 74
(Caroline Muhr/Inge Latz)
Wer's glaubt, wird selig 76
(Caroline Muhr/Inge Latz)
Partnerschaft (Caroline Muhr/Inge Latz) 78
Lied vom leistungsgerechten Tod (Walter Moßmann) 84

Nachweihnacht (Michael Bauer) 86
... und das nicht nur zur Weihnachtszeit 88
(Hildegard Wohlgemut/Klaus Moje

TRAU DICH! – NEUE KINDERLIEDER
Frag warum (Wolfgang Schmölders/Peter Janssens) 90
Das kurze Lied vom kleinen Heinz Becker 92
(Christiane & Fredrik)
Wir werden immer größer (Volker Ludwig/Birger Heymann) 93
Lied der Kinder – Lied der Eltern 94
(Volker Ludwig/Birger Heymann)
Fünfunddreißig Kinder (Jochen Unbehaun) 96
Doof geborn ist keiner (Volker Ludwig/Birger Heymann) 98
Trau dich! (Volker Ludwig/Birger Heymann) 99
Wenn es um die Wurst geht, Leute 100
(Hildegard Wohlgemut/Klaus Moje)
Die Rübe (Christiane & Fredrik) 101
Das Lied von den Leuten, die anders sind 106
(Kristov Brändli/Joachim Schmahl/Jürgen Tamchina)
Ei warum? Ei darum (Anni Becker) 108

GEGEN FALSCHE MACHT UND HERRSCHAFT
Anderes Osterlied (Kurt Marti/Peter Janssens) 112
Der Sozialismus, Genossen (Dieter Süverkrüp) 113
CDU (Silber/Krakow) 116
Die hab' ich satt (Wolf Biermann) 117
An einige Autoritäten drüben (Franz Josef Degenhardt) 120
Grade hatten sie frisch tapezieren lassen (Dieter Süverkrüp) 122
Die Ballade von den Weißmachern und was mit ihnen geschehen muß (Franz Josef Degenhardt) 127
Lied vom roten Stein der Weisen (Wolf Biermann) 129
Moritat auf Biermann seine Oma Meume in Hamburg 130
(Wolf Biermann)
Vom Machen, Schreiben, Lesen, Machen, Schreiben... 132
(Franz Josef Degenhardt)
Der Baggerführer Willibald (Dieter Süverkrüp) 134
Kalles Freundin (Dieter Süverkrüp/Wolfgang Dauner) 136
El Condor pasa (Franz Josef Degenhardt) 138
Ermutigung (Wolf Biermann) 139
Der neudeutsche Zwiefache (Walter Moßmann) 140
Kommt an den Tisch unter Pflaumenbäumen 144
(Franz Josef Degenhardt)
Sonst wollen sie nichts (Alo Hamm/Karsten Bürgener) 146

GEGEN DEN KRIEG

Wann ist denn endlich Frieden? (Wolf Biermann) 148
Der müde Soldat (Karsten Bürgener) 150
Lied vom Tod auch des Todes (Wolf Biermann) 151
Hier ist rot, da ist rot (Hildegard Wohlgemut/Klaus Moje) 153
Sag mir, wo die Blumen sind? 154
(Pete Seeger/deutsch: Max Colpet)
Die Engelwiese (Hildegard Wohlgemut/Klaus Moje) 155
Nie wieder (Alo Hamm) 157
Es war an einem Sommertag (Arno Clauss) 158
Die weiße Legion (Alo Hamm) 160
Wir träumen einen Traum 161
(Günter Hildebrandt/Peter Janssens)
Wozu brauchen wir Soldaten? (Anni Becker) 162
Lustig ist Soldatenleben (Liselotte Rauner/Frank Baier) 164
Neudeutsches Marschlied für Antimarschierer 166
(Fritz Graßhoff/Schobert Schulz)

Autorennotizen 169

Vorbemerkung

Ein Lied ist immer in seine Zeit hineingesungen: froh, frech, bedrückt, verschönend, verstörend. Um die verstörenden, die kritischen Lieder geht es hier; um Lieder, die zeigen, daß Menschen unserer Zeit an dieser unserer Zeit leiden und sie besser haben wollen. Ein Teil unserer Gegenwart wird hier im Lied dokumentiert.
Also:
Diese Dokumentation ist einseitig, sie kann gar nichts anderes sein: Lieder aus den letzten zehn Jahren, die engagiert, hart, böse, verzweifelt etwas aussagen über uns selbst, unsere Zeit und unsere Zeitgenossen. Etwas – nicht alles – und schon gar nichts Ausgewogenes. Kein Sowohl-Als-auch. Kein Wenn-und-Aber.
Aber:
Diese Dokumentation ist wahrhaftig. Doch sie zeigt nicht die ganze Wahrheit – ein wahres Stück unserer Zeit im Lied, verschieden im Stil der Aussage, verschieden in den Themen – verschieden eben in dem, was die einzelnen Liedermacher für wichtig halten.
Bei der Auswahl der Lieder hatten die Herausgeber nicht die Absicht, in irgendeine besondere Ecke der Liedszene hineinzuleuchten, sondern *das Lied-Forum* zu zeigen, den *offenen Marktplatz der Lieder* also mit seiner (mehr oder weniger) freien Konkurrenz der sich widersprechenden Meinungen und Absichten. Der Kritik zu wenig oder gar nicht Berücksichtigter und der Wächter über den Proporz werden die Herausgeber nicht entgehen. Derlei kannte schon Herder vor nunmehr 200 Jahren: „Es ist lächerlich, daß nicht jedem Autor oder Sammler sein Plan bleiben soll, wieviel oder wie mancherlei Absichten er in ihm bringe. Nicht wie er wählt (wähle ein anderer besser!), sondern wie er, was er wählte, ausführt, – davon ist die Frage“ (Stimme der Völker).
In der Vergangenheit waren kritische Lieder meist riskante Unternehmungen im Kampf gegen den übermächtigen Feind der herrschenden Institutionen; ihre Angriffspunkte: die Unterdrückung elementarer Menschenrechte durch Politik, Wirtschaft, Militär, Rechtsprechung und Kirche. In den kritischen Liedern der Bundesrepublik heute dagegen scheint ein neuer Ton hinzuzukommen. In unserer Zeit der Tarifautonomie und der Sozialstaatlichkeit tritt weniger als in früheren zeitkritischen Liedern „die verschärfte Ausbeutung des Menschen durch den Klassenfeind“ hervor als vielmehr der Kampf gegen einen Feind, der uns auf Umwegen viel subtiler und zugleich wohl radikaler zu bedrohen scheint, als die manifeste Gewalt alter Gesellschaftsstrukturen es jemals vermochte: *die verschärfte Ausbeutung der Natur durch den Menschen.* Die Lieder han-

deln immer häufiger von scheinbar so romantisch-lebensreformerisch anmutenden Dingen, wie vom Regen, der nicht radioaktiv sein soll, vom Wasser in den Flüssen, von der Luft, die wir atmen, von den Lebensbedingungen in den Städten. Dies sind in einem wachsenden zeitkritischen Engagement die neuen Angriffspunkte.
Äußerungen der Autoren, Dokumente zu den Gelegenheiten und Absichten des Singens, zu den Reaktionen der Betroffenen sollen – statt eines Kommentars – bei der Deutung der Lieder helfen.
Ob diese Lieder nicht nur zur Kenntnis genommen, sondern auch singend genutzt werden? Ob also dieses Liederbuch auch ein Singbuch wird? Als Angebot eines solchen ist es unter anderem gedacht, und Sangbarkeit der Melodien war auch ein Gesichtspunkt bei der Auswahl. Aber die Prozesse, die es in Gang setzt, sind nicht abzusehen.

W. H. E. K.

Gegen Zerstörung der Umwelt

Heute noch!

C G7 a
Oft, wenn ich ans Fen-ster ge-he, nach-seh, ob noch
G F C
al-les steht, den Schu-ster drü-ben schu-stern se-he,
D7 G F
hör ich, wie die Welt sich dreht. Dann füllt sich mein
e d A7
Kopf mit Was-ser wie aus ei-nem Quell so frisch,
d C G7
drin-nen schwimmt ein gros-ser nas-ser trunk-ner li-la
C E A E H7
Fisch. Und der guckt aus mei-nen Au-gen,
E A E H7 G7
fängt an, weil er nichts ver-mißt, sich voll Freu-de
C a D7
voll-zu-sau-gen, weil die Welt noch nicht zer-
G7 4. Strophe: C
töp-pert ist. Leucht uns dann der

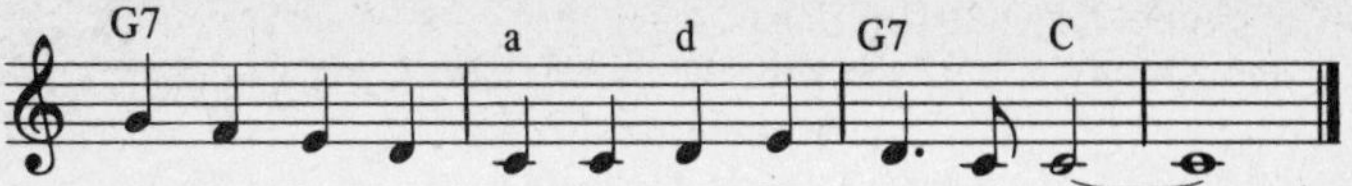

1. Oft, wenn ich ans Fenster gehe,
nachseh, ob noch alles steht,
den Schuster drüben schustern sehe,
hör ich, wie die Welt sich dreht;
dann füllt sich mein Kopf mit Wasser,
wie aus einem Quell so frisch,
drinnen schwimmt ein großer, nasser,
trunkner lila Fisch.
Und der guckt aus meinen Augen,
fängt an, weil er nichts vermißt,
sich voll Freude vollzusaugen,
weil die Welt noch nicht zertöppert ist!

2. Wie an südlichen Gestaden
steh ich über Moabit,
kann im Strom der Menschen baden,
der an mir vorüberzieht;
noch habe ich Kopf und Kragen,
beide sind noch unverletzt,
kann noch meine Mütze tragen,
ausgebeult und abgewetzt;
drunter kann ich überlegen,
und mir bleibt noch eine Frist
zum Spazierengehn im Regen,
der bislang nur Wasser ist!

3. Draußen riecht es gut nach Erde,
nach Benzin, Asphalt und Staub,
drinnen duftet es vom Herde
nach Rosmarin und Lorbeerlaub;
noch ragt meine Nase frei und
unbewehrt in die Natur,
keine Gasmaske vor meinem Mund
stört mich bei der Rasur.
Kann noch trinken: Hoch die Tassen!
schnell geschluckt, drauf kommt es an!
Ich kann mich nicht darauf verlassen,
daß ich's morgen auch noch kann!

4. Kann noch schwarzen Tabak rauchen,
daß kein Krümel übrigbleibt!
Den könnt ich doch nicht mehr brauchen,
denn es raucht sich schlecht entleibt!
Laßt uns heute Weihnachten feiern,
schnell! In dulci jubilo!
Mit Neujahrspunsch und Ostereiern,
mit Honig für den Bär'n im Zoo.
Mein Testament ist geschrieben,
und mir bleibt noch etwas Zeit,
vielleicht ein Tag nur, dich zu lieben,
vielleicht ist morgen Ewigkeit?

Leucht uns dann der Götterfunken,
Funken aus Plutonium!

Text und Musik: Reinhard Mey
Nobile Verlag, Edition Eurocord, Stuttgart

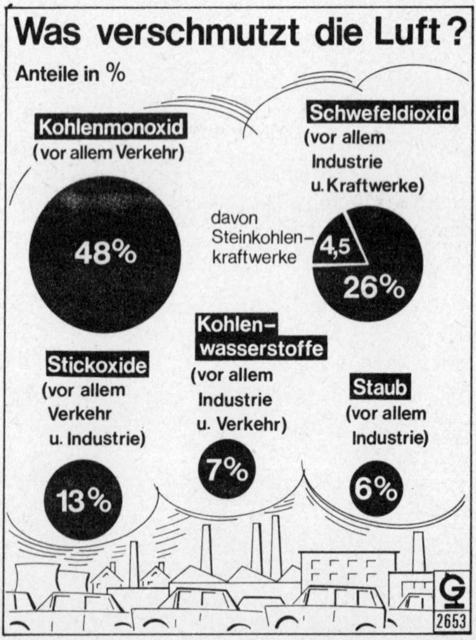

In unsrer Stadt da stinkt's

1. In unsrer Stadt da stinkt's,
bloß nicht nach Pfefferminz.
Das hupt und rattert ratertu,
wir kneifen Nas und Ohren zu.
Am Opel hinten blinkt's,
der Fahrer will nach links,
ein Volkswagen will gradeaus,
und alle wolln ganz schnell nach Haus.

2. Doch das geht leider nicht,
die Straßen sind ganz dicht,
das will nicht vor und nicht zurück.
Ist das nicht ganz und gar verrückt?
Da kommt die Straßenbahn
mit hundertachtzig Mann.
Auch die schafft keinen Meter mehr,
das ärgert alle Leute sehr.

3. Die Not ist hier sehr groß,
was macht man denn da bloß?
Die Stadt ist voll von Gift und Gas,
und überall erstickt das Gras.
Die Bahn sagt, es wär schön,
kein Auto mehr zu sehn.
Die Stadt wär frei von Lärm und Qualm,
ich brauste mit hundert Sachen dann.

4. Die Autos brüllen BRUMM,
wir sind auch nicht dumm,
wir habn die Straßen lange satt,
jetzt machen wir die Reifen platt.
Und hunderttausend Mann,
die sind viel froher dann.
Sie fahren einfach Bahn
(kein Mensch muß fahren mehr allein,
und Papa kommt viel früher heim).
Mensch, muß das ein Vergnügen sein!

Text und Musik: Uwe Wandrey
Mit freundlicher Genehmigung des Autors

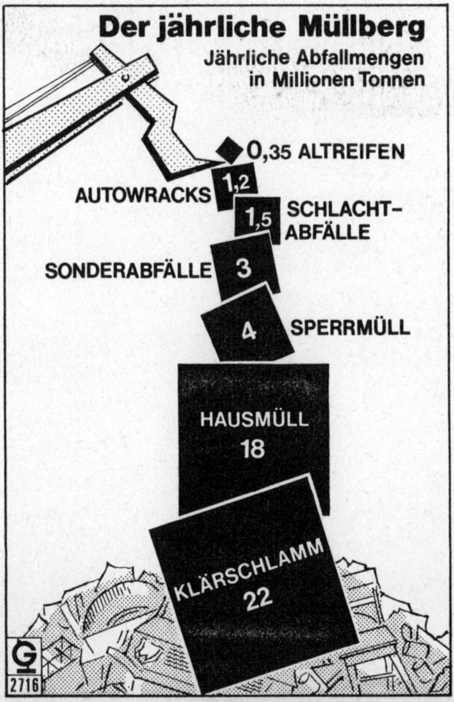

Der Müllberg

1. In Köln wächst an der Autobahn,
   auch wenn's fast keiner will,
   daß man's von weitem sehen kann
   und hören kann und riechen kann,
   ein großer Berg aus Müll,
   ein großer Berg aus Müll.

2. In Köln macht an der Autobahn
   'ne Flaschenglasfabrik,
   daß man's von weitem sehen kann
   und hören kann und riechen kann,
   am Tag zehntausend Stück.

3. Und wenn 'ne Flasche alle ist,
   auch wenn's fast keiner will,
   daß man's von weitem sehen kann
   und hören kann und riechen kann,
   dann kommt sie auf den Müll.

Text und Musik: Jochen Unbehaun
Mit freundlicher Genehmigung des Autors

„Am Ende des deutschen Industriereviers, bei Stromkilometer 857, wo sich der Fluß über die deutsch-holländische Grenze wälzt, transportiert er Tag für Tag die Nutzlast von umgerechnet 2500 Eisenbahnwaggons in die Niederlande: rund 30000 Tonnen Kochsalz, rund 15000 Tonnen Sulfate und Nitrate, Hunderte von Tonnen Ammoniak, Eisen und Phosphate und ein paar tausend Tonnen Öle und Detergentien.“

Bundesministerium des Innern (Hg.), umwelt magazin, Bonn 1976, S. 16.

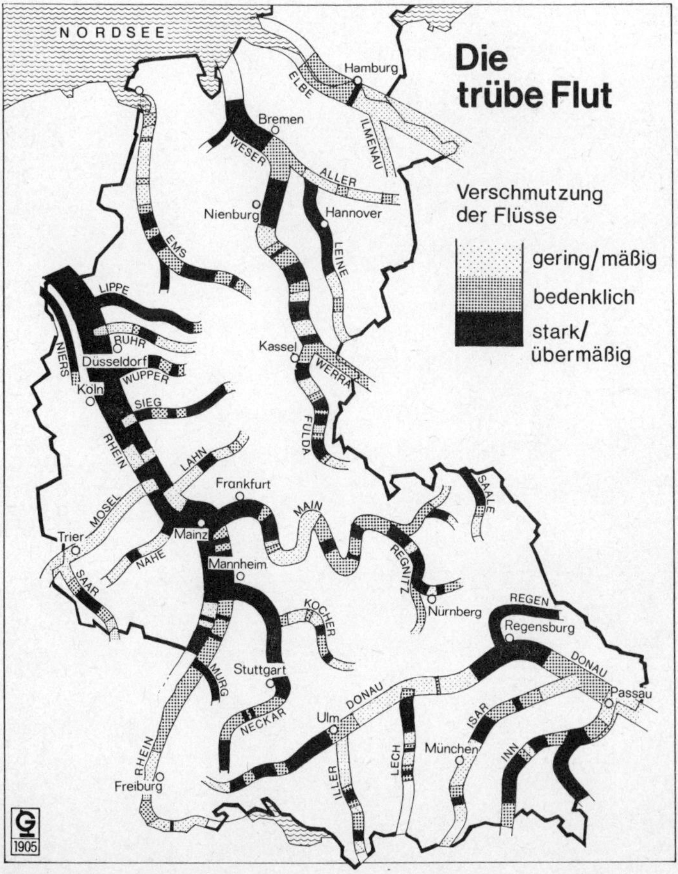

VORSICHT!

Rotes Liebeslied

1. Mit Mai und dicken Brüsten
lockt mich Marie zu Lüsten.
Ich ging, weil ich für Wärme
und auch für Dicke schwärme,
mit ihr ins Ufergras.
Der Rhein floß dumpf und träge.
Wir wippten in der Schräge
und hatten unsren Spaß.
Wir sind ins Gras gesunken,
sie hat mich ausgetrunken,

und so beim Niedersinken,
begann der Rhein zu stinken.

Refrain:
Ein kapitales Schwein
scheißt in den Vater Rhein.
Chemie auf Uferwiesen
tut uns die Liebe vermiesen.

2. Mein Schatz, es stinkt auch balde
im schönen deutschen Walde.
Beim Regnen, mußt du wissen,
tun nicht nur Englein pissen.
Chemie tut sich auskotzen,
der Stahl tut sich abrotzen,
sie scheißen voll die Welt
und machen dickes Geld.
Refrain:
Ein kapitales ...

3. Marie tat weiterlieben.
Als sie es toll getrieben,
seufzt sie in Liebesqual.
Mir stinkt, verflucht,
schon lang das Kapital.
Refrain:
Ein kapitales ...

Text: Thomas Rother,
Musik: Rolf Hucklenbruch (Gruppe Kattong)
Mit freundlicher Genehmigung der Autoren

Kartoffellied

2. Die Stadt muß sauber sein.
   Das sieht auch jeder ein.
   Und wenn der letzte Fisch verreckt,
   weil Flüsse, Seen und Meer verdreckt:
   Der Pfuhl kommt in den Rhein.

3. Der Mensch, der breit' sich aus.
   Er lebt in Saus und Braus.
   Was kreucht und fleucht in Feld und Wald

und brauchbar ist, wird abgeknallt.
Die Viecher sterben aus.

4. Fabriken machen Rauch.
Die Autos gasen auch.
Und erst 'ne große Flugmaschin!
Am Himmel ziehn die Schwaden hin.
Auf Erden aber auch.

5. Wir fahren gerne fesch.
Ein Auto hat viel Blech.
Und wenn es nicht mehr fahren will,
so werfen wir es auf den Müll.
Das ist kein großes Pech.

6. Ein Pelz, der ist sehr schön.
Viel reiche Leute gehn
in Pelz von Tieren selt'ner Art:
von Seehund, Tiger, Leopard,
weil sie dann schön aussehn.

7. Ein Walfisch ist sehr lang.
Drum lohnt sich auch der Fang.
Und wenn sein Herz hat ausgepocht,
wird er zu Schmier und Tran verkocht.
Uns ist da gar nicht bang.

8. Das Meer ist groß und weit.
Es ist seit einiger Zeit
von Öl und Teer und Gift versaut.
Uns juckt deswegen nicht die Haut,
doch tut es uns sehr leid.

9. Wir leben gerne flott
und machen sehr viel Schrott,
denn 's fehlt uns nicht am nöt'gen Geld.
Wir kaufen uns die ganze Welt
mitsamt dem lieben Gott.

10. Der Mensch ist sehr gescheit.
Drum hat er mit der Zeit
die Erd' sich untertan gemacht
und es so herrlich weit gebracht,
so weit, so herrlich weit!

Text und Musik: Anni Becker
Mit freundlicher Genehmigung der Autorin

Die andre Wacht am Rhein

1. Im Elsaß und in Baden war lange große Not,
da schossen wir für unsre Herrn im Krieg einander tot.
Jetzt kämpfen wir für uns selber in Wyhl und Marckolsheim.
Wir halten hier gemeinsam eine andre Wacht am Rhein.

Refrain:
Auf welcher Seite stehst du, he! Hier wird ein Platz besetzt!
Hier schützen wir uns vor dem Dreck, nicht morgen – sondern jetzt!

2. Herr Rosenthal hat einen Plan, der uns gar nicht gefällt.
Dem Rosenthal ist das egal, den interessiert nur Geld.
Uns aber interessieren der Fluß, der Wald, das Feld.
Und unsere Gesundheit kauft uns keiner ab für Geld.
Auf welcher Seite stehst du, he! ...

3. Wer will den bleiverseuchten Wein, Blei-Milch, Blei-Hecht, Blei-Aal?
Wer ißt ein Rindersteak aus Blei? Vielleicht Herr Rosenthal?
Aber nein, der hält sich sehr gesund, sauber und elegant.
Bloß seinen CWM-Mülleimer stellt er in unser Land.
Auf welcher Seite stehst du, he! ...

4. Zu Straßburg auf der Schanz residiert der Herr Präfekt,
der hat bei der Chemie-Industrie das große Geld geleckt.
Sicurani, Sicurani, du hast uns angeschmiert!
Aber paß bloß auf! Das Elsaß hast du nicht kolonialisiert!
Auf welcher Seite stehst du, he! ...

5. Am Limber über Saßbach, da wächst ein roter Wein,
der schmeckt nicht schlecht, das ist uns recht, so soll's auch weiter sein!
Am Anfang waren drei erst wach. Jetzt wacht der ganze Ort,
die schieben mit Traktoren jeden Rosenthal hier fort.
Auf welcher Seite stehst du, he! ...

6. Am zwanzigsten September, da war's schon höchste Zeit,
da machten wir uns auf dem Platz von CWM schön breit.
Und als er uns behindert hat, Sicurani, der Wicht,
da machten wir die Grenze auf den Brücken schnell mal dicht.
Auf welcher Seite stehst du, he! ...

7. In Endingen ist die Rebumlegung endlich geschafft,
aber nicht dafür, daß Rosenthal seinen Bleistaub rüberpafft.
Drum hört den Apotheker, der laut und deutlich spricht:
Es gibt für vieles Medizin, doch für Bleivergiftung nicht!
Auf welcher Seite stehst du, he! ...

8. In Weisweil im Gemeindehaus, da fing der Kampf mal an,
da wird nicht nur gebetet, da wird auch was getan!
Und in die „Fischerinsel" passen einundzwanzig rein,
da haben wir beschlossen: KKW und Bleiwerk? Nein!
Auf welcher Seite stehst du, he! ...

9. Es schlafen einige sehr schlecht in Wyhl, in Wyhl, der Stadt,
weil dort der Bürgermeister uns glatt verschaukelt hat.
Jetzt sitzt er mit Pistole in seinem Judashaus
und denkt: Hätt' ich's doch nicht getan! Bald ist es mit mir aus!
Auf welcher Seite stehst du, he! ...

10. In Mackenheim, in Mackenheim, da kommt es knüppeldick,
da steht ein großer Galgen, dran hängen sieben Strick'.
Darunter steht betreten der halbe Gemeinderat,
der schon in BAYER's Schlinge den blöden Schädel hat.
Auf welcher Seite stehst du, he! ...

11. Nach Riegel fahren viele auf Arbeit übern Rhein,
die sagen: Wenn das Bleiwerk kommt, fall ich als erster rein.
Was nützt mir so ein Arbeitsplatz, an dem ich halb verreck'?
Herr Rosenthal, hau ab, du Sack! Geh weg mit deinem Dreck!
Auf welcher Seite stehst du, he! ...

12. Und kommt der Staatsanwalt, und kommt die blaue Polizei,
und kommen sie im Morgengraun, uns ist das einerlei.
Wir sind uns nämlich einig und werden täglich mehr,
und wenn wir uns mal einig sind, dann sind wir immer mehr.
Auf welcher Seite stehst du, he! ...

13. Und wenn sie uns auch sagen, die erste Bürgerpflicht
wär' Ruh auf Treu und Glauben – wir glauben ihnen nicht!
Der Glaube hatte nichts genützt in Stolberg und Nordenham.
Wir haben nicht vergessen DDT und Contergan.
Auf welcher Seite stehst du, he! ...

14. Im Elsaß und in Baden ... (wie 1. Strophe)
Auf welcher Seite stehst du, he! ...

Text: Walter Mossmann, Musik: volkstümlich überliefert
Aus: Beiheft zur Langspielplatte „Neue Flugblatt-Lieder",
Verlag Unsere Stimme, Trikont, München.
Mit freundlicher Genehmigung des Autors

Brokdorf 2 km

Das K K W-hopp, hopp, hopp-Lied

1. Ein KKW ist großer Scheiß,
   was schon jeder zweite weiß.
   Doch wir müssen *allen* sagen:
   Keiner kann Uran vertragen.
   Vergiftet werden – hopp, hopp, hopp –,
   ist nämlich gar nicht unser Job.
2. Der Stoltenberg in einer Tour,
   der sorgt für unser Bestes nur!
   Sorgt, daß wir ein Krebslein kriegen,
   läßt uns draufgehn wie die Fliegen.
   Stoltenberg – hopp, hopp, hopp –,
   der hat die Kernspaltung im Kopp.
3. Die Industrie, die weiß warum:
   Für Wachstum braucht man Kernspaltung.
   Man kann den Kram gut exportieren
   und auch in Brokdorf profitieren.
   Industrie – hopp, hopp, hopp –
   macht mit dem Profit Galopp.

4. Das Kapital will seinen Sieg,
   zur Not macht's eben Bürgerkrieg.
   Der Grenzschutz, der ist auch schon da,
   die Bullen sowieso – hurra!
   Ordnungsmacht – hopp, hopp, hopp –,
   die hat die Kernspaltung im Kopp.
5. Wir lassen uns nicht mehr versaun,
   wir wern sie auf die Pfoten haun.
   Atomkraftwerke braucht man nicht,
   auch ohne sowas gibt es Licht.
   Strahlungstod – hopp, hopp, hopp –,
   Atomkraftwerke wern gestoppt.

Text: anonym, Musik: volkstümlich überliefert („Morgen kommt der Weihnachtsmann")

Ein badischer Bauer erzählt:
„Die ganze Bewegung gegen das Kernkraftwerk ist immer mehr und mehr in die Breite gegangen, und wir haben schnell gemerkt, daß wir nicht nur stark sind, wenn wir zusammenhalten, sondern auch, wenn wir genau Bescheid wissen. Und um das Wissen über KKWs nicht einzelnen Experten zu überlassen, haben wir die Volkshochschule Wyhler Wald gegründet... Das ganze Programm ist völlig auf die Bedürfnisse der Leute eingerichtet, und wichtig an unserer Volkshochschule ist eben, daß das Volk selber auch aktiv Beiträge leistet. Und so gibt es Imker, Bauern, Winzer, Fischer und Hausfrauen, die über etwas zu berichten haben und selbst einen Abend vorbereiten. Es gibt ganze Abende, wo nur Kaiserstühler Lieder gesungen werden oder alte Volkslieder, Bauern tragen selbergemachte Gedichte und Lieder vor, die teils nach alten Vorlagen entstanden sind, aber immer den Kampf gegen das KKW miteinbeziehen. Dabei kann immer ein Kaiserstühler Viertele geschlotzt werden, das gibt es sonst auch in keiner Volkshochschule... Vor allem auch junge Leute, die aus der Stadt kommen und keine Volkslieder oder Gedichte mehr kennen und auch wegen der Verunglimpfungen dieser Sachen durch die Nazizeit skeptisch sind, singen begeistert mit.
Aber der Anstoß zu den neuen Liedern, die hier entstanden sind, kam doch von außen. Studenten haben zuerst Lieder gemacht, sie hatten da eben schon ein bißchen mehr Erfahrung aus der Zeit der Studentenbewegung von 68. Und wir haben diese Anregungen dann aufgegriffen und selbst auch Lieder und Gedichte gemacht. Wir kannten vor allem die alten Melodien, und so haben wir uns ergänzt. Die Studenten können Gitarre spielen, was wir wieder nicht können, und so begleiten sie uns. Am Kaiserstuhl ist früher sehr viel gesungen worden. Man hat sich zusammengefunden im Winter, um die Nüsse aufzuklopfen und Öl daraus zu machen, oder man hat den Mais ausgeschält, und bei diesen Lichtgesängen, wie das früher geheißen hat, wurde sehr viel gesungen. Diese Lieder sind nie aufgeschrieben worden und waren jetzt fast in Vergessenheit geraten. Einige alte Bauern, die sie noch kannten, haben jetzt dazu geholfen, daß sie wieder bekannt geworden sind, und wir haben sie uns für unsere Ziele zunutze gemacht und umgedichtet zu Kampfliedern."

Aus: Nina Gladitz (Hg.), Lieber aktiv als radioaktiv, Berlin 1976, Verlag Klaus Wagenbach

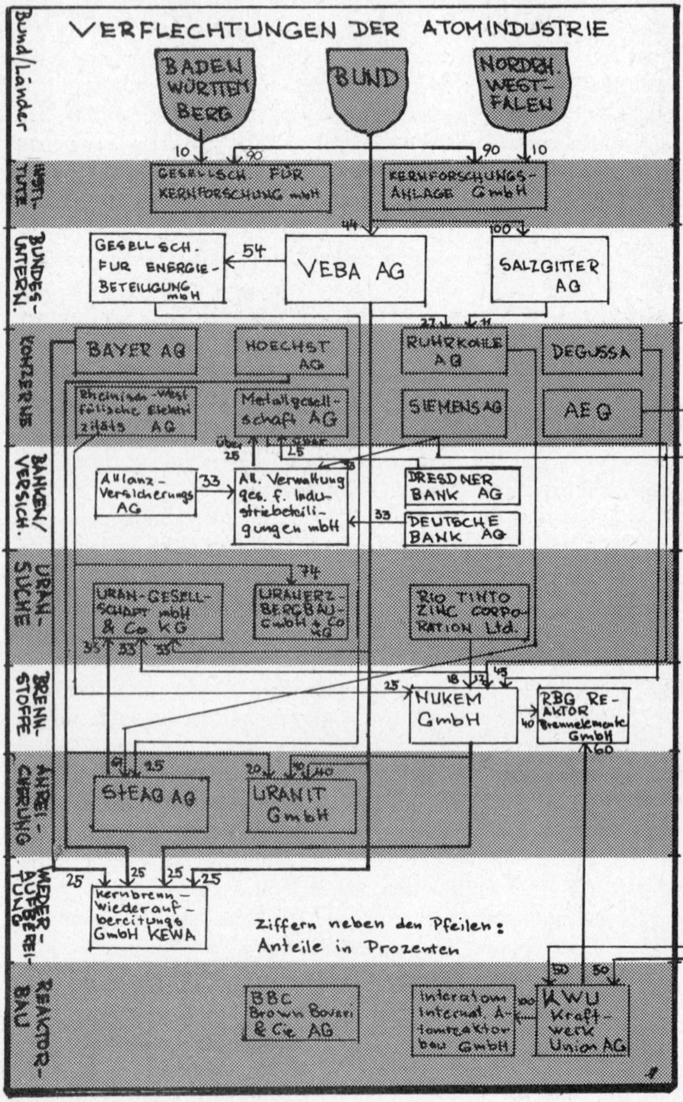
VERFLECHTUNGEN DER ATOMINDUSTRIE
Bund/Länder
BADEN WÜRTTEMBERG
BUND
NORDRH. WESTFALEN
Instituts
GESELLSCH. FÜR KERNFORSCHUNG mbH
KERNFORSCHUNGS-ANLAGE GmbH
BUNDES-UNTERN.
GESELLSCH. FÜR ENERGIE-BETEILIGUNG mbH
VEBA AG
SALZGITTER AG
KONZERNE
BAYER AG
HOECHST AG
RUHRKOHLE AG
DEGUSSA
Rheinisch-Westfälische Elektrizitäts AG
Metallgesellschaft AG
SIEMENS AG
AEG
BANKEN/VERSICH.
Allianz-Versicherungs AG
All. Verwaltungsges. f. Industriebeteiligungen mbH
DRESDNER BANK AG
DEUTSCHE BANK AG
URAN-SUCHE
URAN-GESELLSCHAFT mbH & Co KG
URANERZ-BERGBAU-GmbH + Co KG
RIO TINTO ZINC CORPORATION Ltd.
BRENN-STOFFE
NUKEM GmbH
RBG REAKTOR Brennelemente GmbH
ANREI-CHERUNG
STEAG AG
URANIT GmbH
WIEDER-AUFBEREI-TUNG
Kernbrenn-wiederaufbereitungs GmbH KEWA
Ziffern neben den Pfeilen: Anteile in Prozenten
REAKTOR-BAU
BBC Brown Boveri & Cie AG
Interatom Internat. Atomreaktorbau GmbH
KWU Kraftwerk Union AG

K K W-Song

Kanon zu 12 Stimmen, auch als Quodlibet zu singen

F(E)
fünf-zig Kern-kraft-wer-ke. Ein A-tom-kraft-werk,
C(H7)
zwei A-tom-kraft-wer-ke, zwan-zig Kern-kraft-wer-ke,
F(E)
5.
fünf-zig Kern-kraft-wer-ke! In vier-zig Jah-ren, da
C(H7) F(E)
ist kein U-ran mehr da. In vier-zig Jah-ren, da
C(H7) F(E)
6.
ist keins mehr da. O du lie-ber Au-gu-stin,
C(H7) F(E)
wo soll der Müll bloß hin. O du lie-ber Au-gu-stin,
C(H7) F(E)
7.
wo soll er hin? Der ist ge-fähr-lich für die gan-ze
C(H7)
Nach-bar-schaft, der ist ge-fähr-lich für die gan-ze
F(E)
Nach-bar-schaft. Der ist ge-fähr-lich für die gan-ze

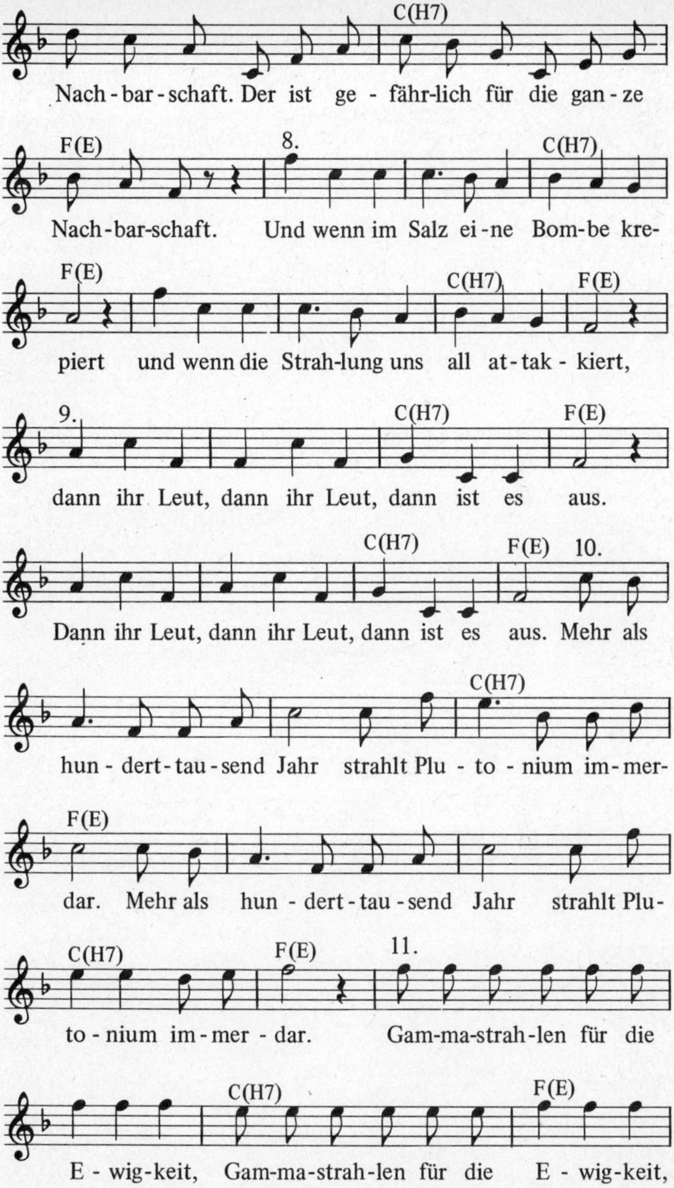
C(H7)
Nach-bar-schaft. Der ist ge-fähr-lich für die gan-ze
F(E) 8. C(H7)
Nach-bar-schaft. Und wenn im Salz ei-ne Bom-be kre-
F(E) C(H7) F(E)
piert und wenn die Strah-lung uns all at-tak-kiert,
9. C(H7) F(E)
dann ihr Leut, dann ihr Leut, dann ist es aus.
C(H7) F(E) 10.
Dann ihr Leut, dann ihr Leut, dann ist es aus. Mehr als
C(H7)
hun-dert-tau-send Jahr strahlt Plu-to-nium im-mer-
F(E)
dar. Mehr als hun-dert-tau-send Jahr strahlt Plu-
C(H7) F(E) 11.
to-nium im-mer-dar. Gam-ma-strah-len für die
C(H7) F(E)
E-wig-keit, Gam-ma-strah-len für die E-wig-keit,

Text und Musik: Anni Becker
Mit freundlicher Genehmigung der Autorin

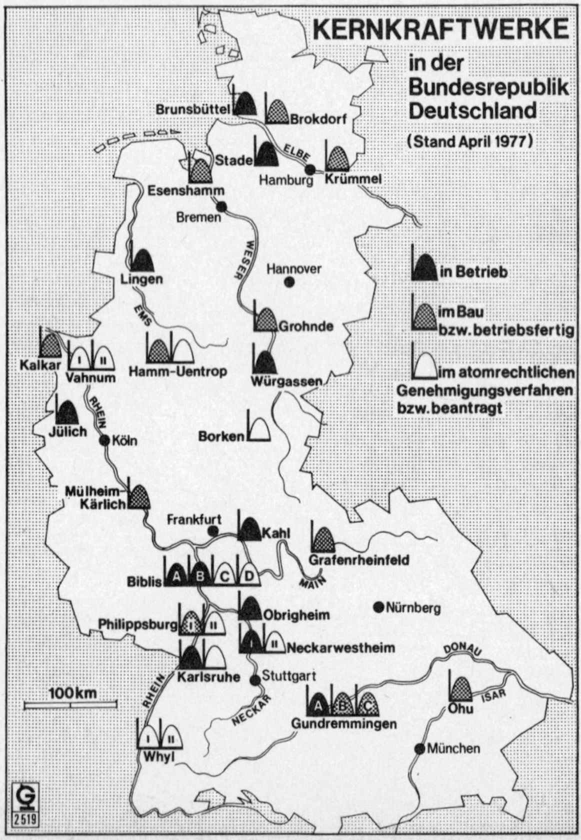

Heimat

1. Heimat ist ein altes Wort:
Verwahr ich's oder werf ich's fort?

2. Ich war einmal in einem Land,
das hätt ich Heimat fast genannt.

3. Dort gibt's ein Tal, das nennt sich Glen,
dort hab ich Adler fliegen sehn.

4. Dort gibt's ein'n See, der nennt sich Vann,
aus dem man Wasser trinken kann.

5. Dort gibt's ein Flüßchen, Creuse genannt,
wo ich noch Krebs und Fische fand.

6. Doch leb ich hier in einer Stadt,
die hunderttausend Menschen hat.

7. Hier sieht man weder See noch Tal,
hier gibt's nur Steine, Glas und Stahl.

8. Doch vor der Stadt, man sieht es kaum,
liegt grünes Feld mit Strauch und Baum.

9. Heut hat ein Mensch dies Feld gekauft,
und morgen steht ein Hochhaus drauf.

10. So wird's auch meiner „Heimat" gehn,
so schwer mir's fällt, dies einzusehn.

11. Ich hab nur einen Wunsch im Sinn:
daß ich dann schon gestorben bin.

Text: Tom Kannmacher, Musik: Nach einer dorischen Melodie aus dem 15. Jahrhundert („Ich wölt dz ich do heime wer")
Mit freundlicher Genehmigung des Autors

Aufsatz über den Frühling im Revier

1. Ich muß für morgen einen Aufsatz schreiben.
Wenn ich nichts weiß, gibt's wieder eine Vier.
Der Lehrer sagt, dann werd ich sitzenbleiben.
Mir fällt nichts ein zum Frühling im Revier.

2. Es gibt in unserm Viertel, wo wir wohnen,
nicht eine Blume – überhaupt kein Grün.
Ich weiß nicht, wo die bunten Anemonen
und wann die ersten Löwenzähne blühn.

3. Ich sah noch nie ein Vogelpärchen nisten.
Hier wächst kein Baum, auf den man klettern kann.
Frag ich den Vater, sagt er, ja wir müßten
mal wieder raus ins Grüne – aber wann?

4. Er macht ja immer so viel Überstunden,
da hat er für den Frühling keine Zeit.
Am Wochenende tapeziert er Kunden
die Wohnung bunt, das nennt man Schwarzarbeit.

5. Von Mutter kann ich auch nicht viel erfahren
vom Frühling – doch sie sagt, dann schreib mal hin:
Er hilft die Licht- und Heizungskosten sparen,
mehr ist nicht drin.

Text: Lieselotte Rauner, Musik: Frank Baier
Mit freundlicher Genehmigung der Autoren

Über unsern Kohlenpott

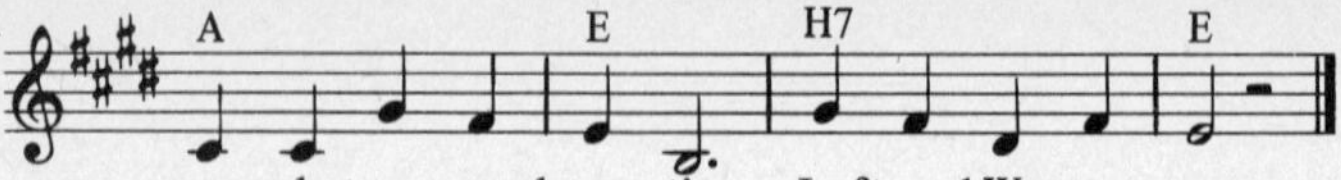

2. Siehse dat so inne Flimmerkiste,
krisse richtig Bock auf Urlaub hier.
Ährlich, wat is da Mallorca
gegen unsern Kohlenpott!
Die Kinder im Revierpark
ham echt Spaß und wat für 't Abenteuer.
Und inne Kolonie ganz friedlich
sitzt der Opa auf ne Bank.
Jau wat is dat schön ...

3. Ich hol dich ab am Bahnhof,
und wir gurken mitte Straßenbahn
in den Norden raus nach Marxloh,
genau, wo die Werke sind.
Wie glücklich der Malocher is,
dat siehse dann bei Feierabend,
wenn wir da am Werktor stehn,
und die Hütte hat grad Schicht.
Jau wat is dat schön ...

4. Ich zeig dir, wat die Blagen machen.
Wolln die mal tofte schwimmen,
wo der Vatter nur en Moped hat
und die Mutter en dicken Bauch:
Die gehn anne Emscher durchn Zaun,
anne Kläre oder Köttelbecke,
denn der See liegt, wo die Fetten wohnen,
und Asche kost' dat auch.
Jau wat is dat schön ...

Text: Frank Baier, Musik: Frank Baier (nach Ralph McTell, „Streets of London")
Mit freundlicher Genehmigung des Autors

Opa Weber

1. Er hat in diesem Haus gewohnt
und mußte einfach gehn.
Was hat der alte Mann geflucht!
Ich habe nach dem Grund gesucht,
warum er sauer war.

Refrain:
Opa Weber meinte:
Das ist hart, Mann.
Muß das denn so sein?
Bist du alt, stehst du allein.
Bist du schwach, bist du klein:
Man drückt dich einfach an die Wand.

2. Was der Bagger mit alten Häusern macht,
das nennt die Stadt sanieren.
Man reißt hier Haus und Garten ab
und baut 'ne neue Hochhausstadt,
weil das mehr Miete bringt.
Opa Weber meinte: ...

3. Oh, was hat da meine Frau geweint.
Wir wollten lieber sterben.
Sie sitzt jetzt im Altersheim
und ich im Zimmer ganz allein,
denn unsre Rente war zu knapp.
Opa Weber meinte: ...

4. Einen alten Baum verpflanzt man nicht,
der geht sonst langsam ein.
Wie öde ist die Hochhausstadt.
weil man hier keinen Freund mehr hat,
keine Tauben, keinen Garten.
Opa Weber meinte: ...
Das muß nicht sein!

Text und Musik: Frank Baier
Mit freundlicher Genehmigung des Autors

Die hilflose Oma

2. Da läuft Herr Schlamm
ins Haus, so schnell er kann.
Die Treppen rauf ditrippditrapp
und immer weiter klippdiklapp,
und endlich kommt der Mann
auch bei der Oma an.

3. Da sagt Herr Schlamm:
Die Leute hier sind dran,
denn alle müssen hier heraus
aus diesem schönen alten Haus,
und wer das nicht kapiert,
wird sehn, wohin das führt.

4. Und Oma schrie
und fiel gleich auf die Knie:
Herr Schlamm, ich bitte Sie ja sehr,
wo krieg ich denn 'ne Wohnung her?
Hab immer doch bezahlt,
und bin auch nun so alt.

5. Da lief Herr Schlamm
vor Ärger ganz rot an:
Jetzt hörn Se mir mal ganz gut zu,
Sie ziehn hier aus und geben Ruh!
Dies Haus gehört nur mir
mit Wand und Dach und Tür.

6. Und Oma wurd
ganz ängstlich und lief fort.
Im Altersheim will ich nicht sein,
möcht' bleiben in der Wohnung mein!
Warum muß ich hier raus
aus diesem schönen Haus?

7. Und gar nicht lang'
wurd Oma richtig bang',
und ihr der Schreck im Bauch drin saß,
als sie da in der Zeitung las,
daß dort, wo ihr Haus steht,
ein Kaufhaus hingehört.

8. Doch der Herr Schlamm,
der saß schon nebenan.
Er sprach zu der Familie Klein,
daß sie natürlich auch dran sein,
mit ihren Kindern vier
bald auszuziehn von hier.

9. Familie Klein,
die fing da an zu schrein:
Wir haben soviel repariert,
Balkon und Küche renoviert.
Wo sollen wir denn hin,
wenn Sie uns kündigen?

10. Herrn Schlamm, den Wicht,
den interessiert das nicht.
Es flog raus die Familie Klein,
und Oma kam ins Altersheim.
Dort lag sie nur im Bett,
saß nie am Fensterbrett.

11. Da steht ein Haus,
da guckt 'ne Oma raus.
Die Oma guckt recht weinerlich
und macht ein trauriges Gesicht.
Sie klagt die ganze Nacht:
Was hab ich falsch gemacht?

Text: Ulli Hain, nach einer Vorlage von Christiane und Fredrik,
Musik: volkstümlich überliefert („Hopp, hopp, hopp, Pferdchen lauf Galopp")
Mit freundlicher Genehmigung des Autors

Gegen Spießertum und Selbstbetrug

Wetterwende

1. Ich glaub, wir haben morgen schlechtes Wetter.
Die beßren Tage sind verjährt.
Die Wasserratten hüpfen auf die Bretter.
Die ersten Kapitäne machen kehrt.
Die Bauern beugen sich den ersten Böen.
Die Hamster haben ihre Backen voll.
Die Klapperstörche wolln ins Ausland wehen.
Die Fledermäuse huschen durch den Zoll.

2. Im Tierpark heulen neue Hunderassen,
und auch die Menschenaffen kreischen sehr.
Gesangvereine ziern die stillen Straßen.
Ein Richter ölt im Keller sein Gewehr.
Die blinden Tauben gurren ganz neurotisch.
Die Türkenväter hatten mal nen Job.
Die Professoren werden anekdotisch.
Ein Waffenhändler öffnet seinen Shop.

3. Ein Prokurist zeigt seine Autozähne.
Ein Kindergärtner weicht erschreckt,
versteckt im Kragen seine schöne Mähne
bevor ein Unauffälliger ihn entdeckt.
Die Demoskopen komm'n wie Kakerlaken
und kaufen deine teure Meinung frei.
In Schultoiletten die gekreuzten Haken
der Herr Direktor war doch nicht dabei.

4. Computer tippen lange schwarze Listen.
Dein Telefongespräch ist konserviert.
Juden packen wieder mal die Kisten.
Die Bücherfeuer werden schon geschürt.
Ich glaub, wir haben morgen schlechtes Wetter.
Die beßren Tage sind verjährt.
Die Wettermacher werden fetter.
Wir haben unsre Macher gut ernährt.

Text und Musik: Uwe Wandrey
Mit freundlicher Genehmigung des Autors

Kirche – wofür?

Text: Lenfers, Musik: Janssens
Aus: Leben wird es geben, 1975.

Deutscher Sonntag

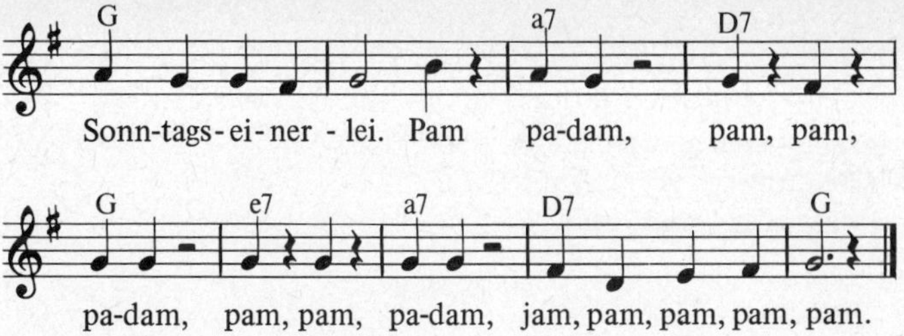

1. Wenn die Spinne Langeweile
Fäden spinnt und ohne Eile
giftiggrau die Wand hochkriecht,
wenn's blank und frisch gebadet riecht,
dann bringt mich keiner auf die Straße,
und aus Angst und Ärger lasse
ich mein rotes Barthaar stehn
und laß den Tag vorüber gehn.
Hock am Fenster, lese meine
Zeitung, decke Bein mit Beine,
seh, hör und rieche nebenbei
das ganze Sonntagseinerlei.
Pam padam, pam, pam, padam, pam, pam, padam, jam, pam,
pam, pam, pam.

2. Da treten sie zum Kirchgang an,
Familienleittiere voran.
Hütchen, Schühchen, Täschchen passend,
ihre Münner unterfassend,
die sie heimlich vorwärts schieben,
weil sie gern zu Hause blieben.
Und dann kommen sie zurück,
mit dem gleichen bösen Blick,
Hütchen, Schühchen, Täschchen passend,
ihre Männer unterfassend,
die sie heimlich heimwärts ziehn,
daß sie nicht in Kneipen fliehn.
Pam padam, pam, pam ...

3. Wenn die Bratendüfte wehen,
Jungfraun den Kaplan umstehen,
der so nette Witzchen macht,
und wenn er dann so harmlos lacht,
wenn auf allen Fensterbänken
Pudding dampft, und aus den Schenken
schallt das Lied vom Wiesengrund,

und daß am Bach ein Birklein stund.
Alle Glocken läuten mit,
die ganze Stadt kriegt Appetit.
Das ist dann genau die Zeit,
dann frier ich vor Gemütlichkeit.
Pam padam, pam, pam ...

4. Da hockt die ganze Stadt und mampft,
daß Bratenschweiß aus Fenstern dampft.
Durch die fette Stille dringen
Gaumenschnalzen, Schüsselklingen,
Messer, die auf Knochen stoßen,
und das Blubbern dicker Soßen.
Hat nicht irgendwas geschrien?
Jetzt nicht aus dem Fenster sehn,
wo auf Hausvorgärtenmauern
ausgefranste Krähen lauern.
Was nur da geschrien hat?
Ich werde so entsetzlich satt.
Pam padam, pam pam ...

5. Wenn Zigarettenwolken schweben,
aufgeblähte Nüstern beben,
aus Musiktruhn Donauwellen
plätschern, über Mägen quellen,
dann hat die Luft sich angestaut,
die ganze Stadt hockt und verdaut.
Woher kam der laute Knall?
Brach ein Flugzeug durch den Schall?
Oder ob mit mal die Stadt
ihr Bäuerchen gelassen hat?
Die Luft riecht süß und säuerlich,
ich glaube, ich erbreche mich.
Pam padam, pam, pam ...

6. Dann geht's zu den Schlachtfeldstätten,
um im Geiste mitzutreten,
mitzuschießen, mitzustechen,
sich für wochentags zu rächen,
um im Chor Worte zu röhren,
die beim Gottesdienst nur stören.
Schinkenspeckgesichter lachen
treuherzig, weil Knochen krachen
werden. Ich verstopf die Ohren
meiner Kinder. Traumverloren

hocken auf den Stadtparkbänken
Greise, die an Sedan denken.
Pam padam, pam, pam ...

7. Und dann die Spaziergangstunde
durch die Stadt, zweimal die Runde.
Hüte ziehen, spärlich nicken,
wenn ein Chef kommt, tiefer bücken.
Achtung, daß die Sahneballen
dann nicht in den Rinnstein rollen.
Kinder baumeln, ziehen Hände.
Man hat ihnen bunte, fremde
Fliegen, Beine ausgefetzt,
sorgsam an den Hals gesetzt,
daß sie die Kinder beißen solln,
wenn sie zum Bahndamm fliehen wolln.
Pam padam, pam, pam ...

8. Wenn zur Ruh die Glocken läuten,
Kneipen nur ihr Licht vergeuden,
dann wird's in Couchecken beschaulich,
das ist dann die Zeit, da trau ich
mich hinaus, um nachzusehen,
ob die Sterne richtig stehen.
Abendstille überall, bloß
manchmal Lachen wie ein Windstoß
über ein Mattscheibenspäßchen.
Jeder schlürft noch rasch ein Gläschen
und stöhnt über seinen Bauch
und unsern kranken Nachbarn auch.
Pam padam, pam, pam ...

Text und Musik: Franz Josef Degenhardt
Mit freundlicher Genehmigung des Autors und Polyphon, Köln

Die Stadt, in der ich wohne

1. Die Stadt durchschreitend,
in der ich wohnhaft bin,
bemerke ich Leute
mit und ohne Krempe.
Manche haben
einen Riemen um den Bauch
mit Püster und Plempe.

Die Stadt durchschreitend,
bemerke ich Leute
mit und ohne Töle.
Und alle – wie überall –
schleppen sie Beute
in ihre Höhle.

2. Die Stadt durchschreitend,
begleitet mich böses Getöse
von Hit zu Hot.
Und blubbernd auf Pneu
Möse bei Möse
im Ozelot.
Die Stadt durchforschend,
treffe ich eine gerupfte Pute
am Stock.
Zwei adlige, gekreuzte Knochen
vor der Schute
und siebzig faule Eier
unterm Rock.

3. Die Stadt durchschreitend,
pralle ich gegen
Vertreterbäuche.
Sie fahren Auto und sind konfirmiert.
Sie vertreiben mit Anstand
die Auspuffseuche
auch in meinem Geviert.
Die Stadt durchforschend,
erstick ich im Mief
muffiger Roben.
Höre sie Knebel und Knief,
Reputation
und ihren Speichel loben.

4. Die Stadt durchschreitend,
les ich auf Wahlplakaten
an Wänden und Eichen
die Todesdaten der Kandidaten.
Na also:
ich wollte doch sagen,
es riecht nach Leichen.

Text: Fritz Graßhoff, Musik: Schobert Schulz
Mit freundlicher Genehmigung der Autoren

In unsrer alde Stadt

1. Was hammer dann for Metzjer in unsrer alde Stadt?
   Die Metzjer, die sin Galjestrick,
   an jeder Worscht, do fehlt e Stick. Heili ...
2. Was hammer dann for Bäcker in unsrer alde Stadt?
   Die Bäcker, die sin Lumpehund,
   an jedem Brot, do fehlt e Pund. Heili ...
3. Was hammer dann for Schneider in unsrer alde Stadt?
   Die schneide hämlich ab e Fleckl
   des gebt fors Kind e Sunndagsröckl. Heili ...
4. Was hammer dann for Schutzleit in unsrer alde Stadt?
   Die schlagn glei druff mim Gummiknippel,
   dann an ihrm Grips, do fehlt e Schnippel. Heili ...
5. Was hammer dann for Gauner in unsrer alde Stadt?
   Die kläne, die wern feschtgenumm,
   die große laafe frei erum. Heili ...
6. Was hammer dann for Parre in unsrer alde Stadt?
   Die Parre sind so neetisch als
   wie Grindkopp un wie'n Kropp am Hals. Heili ...

7. Was hammer dann for Kärche in unsrer alde Stadt?
Die Parre quasseln kreiz un quer,
drum sin ihr Kärche meistens leer. Heili ...

8. Was hammer dann for Stadtrat in unsrer alde Stadt?
Im Stadtrat hocke lauter Dappes,
un was die bringe, is bloß Kappes. Heili ...

9. Was hammer dann for Maurer in unsrer alde Stadt?
Die Maurer baun mit Beton jetzt
ganz aarisch hohe Betonkletz. Heili ...

10. Was hammer dann for Stroße in unsrer alde Stadt?
Die Stroße sin däls uffgeriß,
däls sin se von de Hind verschiß. Heili ...

11. Was hammer dann for Kinner in unsrer alde Stadt?
Die Kinner sin all eigesperrt,
weil's uff de Stroß zu gfährlich wird. Heili ...

12. Was hammer dann for Alde in unsrer alde Stadt?
Die sitze nerjends uff rer Bank.
Die Autos mache zuviel Gstank. Heili ...

13. Was hammer dann for Stadtwald um unsrer alde Stadt?
Die Bääm sin fascht all abgesäät,
das duht de Lautrer aarisch läd. Heili ...

14. Was hammer dann for Sänger in unsrer alde Stadt?
Die singe liewer englisch als
wie alde Lieder aus de Palz. Heili ...

Text: Anni Becker (ab Str. 4), Musik: mündlich überliefert
Mit freundlicher Genehmigung der Autorin

Zu diesem Lied berichtet Anni Becker:
„Das Lied ‚Heili, heilo, in unsrer alde Stadt' ist in dieser Version nur mündlich überliefert. Auch von ähnlichen Versionen, wie sie beispielsweise in der Vorderpfalz gesungen werden (dort: Hajo, hajo, in unsrer alde Stadt), ist mir noch nie eine schriftliche Aufzeichnung in die Finger gekommen. Von den Strophen sind die drei ersten noch in meiner Erinnerung gewesen, die anderen habe ich dazugereimt.
Wenn ich das Lied anderwärts singe, stelle ich jedoch immer fest, daß man es kennt. Einmal kam eine alte Frau nach dem Auftritt zu mir und sagte: „Des häßt nit ‚De Parre is so neetisch als wie Grindkopp un wie'n Kropp am Hals', des häßt ‚De Parre is en gscheite Mann, weil der so gut lateinisch kann!'"
Wenn ich das Lied bei Volksfesten singe, so kommt es oft vor, daß sich Leute vordrängen und bitten, auch eine Strophe zum besten geben zu dürfen. Diese Strophen sind dann jeweils aus dem Stegreif entstanden. Auf einem Kinderfest reimten die Kleinen: „De Lehrer is e liewer Mann, weil der gut Fußball spielen kann ..."
Diese Lieder kamen lebendig aus den Mündern der Menschen meiner Welt und hatten stets einen engen Bezug zu deren einfachem Leben. Von daher gesehen verstehen Sie wohl, daß ich von frühester Kindheit an vom Volkslied geprägt wurde. Die ‚Musikerziehung der Hitlerjugend' im Dritten Reich tat ein übriges dazu. Man schickte mich in Schulungslehrgänge. Einen dieser Lehrgänge leitete Gottfried Wolters."

Aus einem Brief an die Herausgeber

Das bucklig Männlein

1. Will ich in den Stadtpark gehn,
will zur grünen Wiese,
steht ein bucklig Männlein da,
jagt mich fort, der Miese.

2. Will ich in den Wald hinein,
will die Luft genießen,
steht ein bucklig Männlein da,
sagt, die Jagdherrn schießen.

3. Will ich auf den Spielplatz gehn,
will 'ne Bude bauen,
steht ein bucklig Männlein da,
droht mich zu verhauen.

4. Will ich an des Wassers Strand,
will mich nur erfrischen,
steht ein bucklig Männlein da,
um mich zu erwischen.

Text: Richard Limpert, Musik: volkstümlich tradiert
Mit freundlicher Genehmigung des Autors

Dat muß doch auch wat Späßken bringen

2. Uns stört der Krach, der Smog nich.
Deshalb bleim wa im Revier.
En Schlach Leute, mit denen de reden kanns,
hasse Fußball, Freunde, hasse Bier.
Bei Hennes inne Kneipe,
bei Kudi aufen Hof,
bei Wuttkes inne Gartenlaube
is immer schwer wat los!
Dat muß doch auch wat Späßken bringen ...
3. Willi hat die Lehre aus
und hängt jetzt schwer daneben.
Ich sach: Datte stempels, Junge, dat is alles Mache.
Die wolln uns eine geben.
Ooch, meint er, Vatter, keine Bange!
Ich bin vorerst geholfen.
Ich putz in Curny's Pornoshop,
und abends geh ich saufen.
Dat muß doch auch wat Späßken bringen ...
4. Jau, sach ich, Willi, dat is getz.
Un wat is mit die andern?
Die stehn prall vorm Arbeitsamt
un sind sich nur am wundern!
Dat gibt en Hitchkok, Vatter, warte,
arbeitslos sind doch ne ganze Masse.
Fällt denen am grünen Tisch nix ein,
machen wa Kirmes aufe Straße!
Dat muß doch auch wat Späßken bringen ...

Text und Musik: Frank Baier
Mit freundlicher Genehmigung des Autors

Wer's glaabt, werd selig

2. Jedes Mädche is luschtig, jedes Biebche is froh,
dann sie han halt kä Sorje mitem Spielplatz un so,
weil bei uns jedes Dörfche, weil bei uns jede Stadt
for die Määd wie for die Buwe Platz zum Rumdowe hat.
Wer's glaabt, werd selig ...

3. Aach Familie mit viel Kinner, die sin luschtig un froh,
dann sie han halt kä Sorje mit rer Wohnung un so,
weil bei uns jedes Dörfche, weil bei uns jede Stadt
aach for Arme mit viel Kinner große Wohnunge hat.
Wer's glaabt, werd selig ...

4. In Europa gebt's nerjends e sozialerer Staat.
Un der kann was erlewe, wer was anneres sat!
Ru-di-ru-di-ra-la-la ...

Text: Anni Becker, Musik: volkstümlich tradiert
Mit freundlicher Genehmigung der Autorin

Schlaftablettenblues

1. Wann ich mol ganz alt bin
un mich käni mehr will,
wann ich mich ganz daap fiehl
un um mich rum werd's ganz still,
un dann no un no
is niemand mehr do,
der mit em redde will.
Refrain:
Dann trink ich drei, vier Halwe
vum gude Pälzer Woi
un nehm dann ...
paar Tablette oi!

2. Wann die eichene Kinner
mich schon langsam vergessen,
wenn die Schwiechersöhn' heimlich
schon mei Zimmer ausmesse,
wann es Herz nimmi dut
und im Taschentuch Blut,
ess ich mei letschdes Esse.
Dann trink ich drei, vier Halwe ...

3. Wann die Caritas kommt
mit Kaffee un Kuche,
wann die Sterbekasse
's schon bei mir versuche,
un ich darf net mol mehr saufe,
un die Lung stecht beim Schnaufe,
soll mich en annerer besuche.
Dann trink ich drei, vier Halwe ...

4. Un wann sowieso
die ganz Welt kaputt is,
in de Luft nur Gestank
un des Gift in de Flüss,
lauter Jammer un Not,
dann bin ich lieber dot,
weil ich so e Welt net vermiß.
Dann trink ich drei, vier Halwe ...

Text und Musik: Michael Bauer

Die goldene Freizeit

1. Die Uhr, die zeigt jetzt endlich auf halb fünfe,
um fünf Uhr fährt mein Bus endlich nach Haus.
Ich pack jetzt ein und mach mich auf die Socken
und ruhe mich nach Feierabend aus.

Refrain:
Oh, komm endlich, goldene Freizeit!
Ich weiß nicht, was ich mit dir machen soll.
Die Angebote sind hier so beschissen.
So langsam haben wir die Nase voll!

2. Am Montagabend war ich in 'ner Kneipe,
am Dienstag war ich in 'nem Jugendheim.
Ich find, das war 'ne riesengroße Pleite,
um zehn Uhr schickte man uns wieder heim.
Oh, komm endlich, goldene Freizeit ...

3. Am Mittwoch war ich in 'ner Diskothek,
der Eintritt hat mich fast schon umgehaun.
Vom Rest konnt ich mir grad noch ein Bier leisten,
die Musik, die man spielte, war zum Graun!
Oh, komm endlich, goldene Freizeit ...

4. Den Donnerstag verbrachte ich zuhause.
Ich guckte mir das Fernsehprogramm an,
dabei bin ich um halb neun eingeschlafen,
denn was sie zeigten, war nur halber Kram.
Oh, komm endlich, goldene Freizeit ...

5. Am Freitagabend war ich stockbesoffen,
da hab ich mir mit Freunden ein' gebrannt.
Ich bin auf allen Vier'n nach Haus gekrochen,
am Samstag habe ich den Schnaps verbrannt.
Oh, komm endlich, goldene Freizeit ...

6. Am Sonntag hab ich endlich ausgeschlafen,
aufgestanden bin ich erst um halb drei.
Da mußte ich zu meinem Schreck feststellen:
das Wochenende ist schon fast vorbei!
Oh, komm endlich, goldene Freizeit ...

7. Bei dir sieht es bestimmt nicht anders aus,
drum schließ dich deinen Freunden endlich an.
Wir werden nur für diese Sache kämpfen,
solang bis wir ein Jugendzentrum hab'n!

Drum bleibt nicht träge auf den Stühlen sitzen,
ihr solltet euch jetzt solidarisiern.
Fürs Jugendzentrum gibts noch viel zu tuen,
alleine werdet ihr sehr schnell verliern!

Text: Wolfgang Marpurg, Musik: AG Musik der JZI Trittau
Mit freundlicher Genehmigung des Autors

Diplomatenjagd

1. Auf Schloß Hohenhecke zu Niederlaar
– es hat soeben getagt –
lädt Freiherr Bodo, wie jedes Jahr,
zur Diplomatenjagd,
durch Wälder und Auen
auf haarige Sauen,
in Wiesen und Büschen
den Hirsch zu erwischen.
Den hat Freiherr Bodo für teures Geld
am Vorabend selber hier aufgestellt.
2. Schon bricht es herein in Wald und in Flur,
das diplomatische Corps,
die Ritter vom Orden der Konjunktur,
zwei Generäle zuvor,
bei Hörnerquinten
mit Prügeln und Flinten.
Es folgt mit Furore
ein Monsignore.
Selbst den klapprigen Ahnherrn von Kieselknirsch
trägt man auf der Bahre mit auf die Pirsch!
3. Es knallen die Büchsen, ein Pulverblitz –
Es wird soeben gesagt,
daß Generalleutnant von Zitzewitz
den Verlust seines Dackels beklagt.
Der Attaché Mehring
erlegt einen Hering,
den, tiefgefroren,
die Kugeln durchbohren,
noch in Frischhaltepackung, – und das sei unerhört! –
Ein Keiler ergibt sich, vom Lärm ganz verstört.

4. „Bewegt sich dort etwas am Waldesrand?“
(Der Ahnherr sieht nicht mehr recht.)
„Das kriegt kurzerhand eins übergebrannt!“
(Denn schießen kann er nicht schlecht.
Ja, ganz ohne Zweifel:
Er schießt wie der Teufel!)
Man trägt ihn ganz leise
bis dicht an die Schneise,
man reicht ihm die Büchse, es prasselt das Schrot:
So findet ein Außenminister den Tod.

5. Daß der Ahnherr daraufhin noch „Waidmannsheil“ schreit,
hat alle peinlichst berührt.
Ihm wird ein Protestschreiben überreicht
(besonders scharf formuliert),
doch muß man dem Alten
zugute halten:
Das war, bei Hubertus,
ein prächtiger Blattschuß,
und daß er das Wort Diplomatenjagd
nur etwas zu wörtlich genommen hat!

6. Die Nacht bricht herein und Schloß Hohenhecke
bietet ein friedliches Bild:
Der Monsignore segnet die Strecke.
Von leblosem greisem Wild,
schon fast vergessen,
will doch keiner essen:
die Veteranen,
die zähen Fasanen,
die Ente mit Rheuma,
den Keiler mit Asthma.
Die Jagd wird begossen,
und dann wird beschlossen:
Der Krempel wird – weil man hier ja großzügig denkt –
dem nächsten Armenhause geschenkt.
So wird auch den Ärmsten der Segen zuteil.
Es lebe das Waidwerk, dreimal Waidmannsheil!

Text und Musik: Reinhard Mey
Nobile Verlag, Edition Eurocord, Stuttgart

Knast-Song

D A7 D
Wer muß denn in den Knast hin - ein? Wer
D A7 D G
muß denn in den Knast? Ei der Kerl, der dir die
D A7 D
Brief-tasch' klaut und mit dem gan-zen Geld ab -haut, ja
A7 D A7 D
der muß in den Knast, ja, der muß in den Knast.
d A d
Wer muß nicht in den Knast hin - ein? Wer
A7 d g
muß nicht in den Knast? Wenn ein Zahn-arzt dir 'ne
d A7 d
Rech-nung schreibt, da - bei ge - wal - tig ü - ber-treibt, muß
A7 d A7 d
er nicht in den Knast, muß er nicht in den Knast.

1. Wer muß denn in den Knast hinein?
Ei der Kerl, der dir die Brieftasch' klaut
und mit dem ganzen Geld abhaut,
ja der muß in den Knast.
Wer muß nicht in den Knast hinein?
Wenn dein Zahnarzt dir 'ne Rechnung schreibt,
dabei gewaltig übertreibt,
muß er nicht in den Knast.

2. Wer muß denn in den Knast hinein?
Wer als Geldverwalter angestellt
für sich auch mal was einbehält,
ja der muß in den Knast.
Wer muß nicht in den Knast hinein?
Zahlt ein Produzent für Wort und Ton
als Honorar 'nen Hungerlohn,
muß er nicht in den Knast.

3. Wer muß denn in den Knast hinein?
Wenn ein Kerl 'nen Automaten knackt
und beinah hundert Mark einsackt,
dann muß er in den Knast.
Wer muß nicht in den Knast hinein?
Jährlich zehn Milliarden schwarz kassiern
viel Bonzen, nur mit Buchfrisiern.
's war keiner je im Knast dafür.

4. Wer muß denn in den Knast hinein?
Wer sich Pferdchen mit zwei Beinchen hält,
als Pofflovis kassiert sein Geld,
ja der muß in den Knast.
Wer muß nicht in den Knast hinein?
Wer nur makelt, managet, spekuliert
und Geld kassiert, wird honoriert
und muß nicht in den Knast.

5. Wer muß denn in den Knast hinein?
Wenn ein Kerl die Hosen runterzieht,
damit man sein Geschlechtsteil sieht,
dann muß er in den Knast.
Wer muß nicht in den Knast hinein?
Wenn's in Film, in Zeitschrift, auf Plakat
in Massen nackte Weiber hat,
muß niemand in den Knast.

6. Wer muß denn in den Knast hinein?
Wer verbot'ne Drogen konsumiert,
damit sein Leben ruiniert,
ja der muß in den Knast.
Wer muß nicht in den Knast hinein?
So ein Kerl, der sich dem Suff ergeben,
der ruiniert zwar auch sein Leben,
doch muß er nicht in'n Knast.

7. Wer muß denn in den Knast hinein?
Wer – im Drogenhandel etabliert –
manch armen Teufel ruiniert,
ja der muß in den Knast.
Wer muß nicht in den Knast hinein?
Wer's Geschäft mit Krieg und Waffen macht,
frohlockt, wenn wo 'ne Bombe kracht,
der muß nicht in den Knast.

8. Wer muß denn in den Knast?
Wer in Staatsgeschäften spioniert,
Geheimnachrichten publiziert,
ja der muß in den Knast.
Wer muß nicht in den Knast hinein?
Wird der kleine Mann schlecht informiert,
kriegt Tatsachen verdreht serviert,
muß niemand in den Knast dafür.

9. Wer muß denn in den Knast?
Wer dem Kranken, der dem Tod geweiht,
hinüberhilft zur Ewigkeit,
ja der muß in den Knast.
Wer muß nicht in den Knast hinein?
Wer die Starfighters – sprich: Amischrott –
einst kaufte (inclusive Tod),
der muß nicht in den Knast.

Text und Musik: Anni Becker
Mit freundlicher Genehmigung der Autorin

Das Lied vom Fernsehn

2. Was bringt uns denn das Fernsehn ...
   Seit vielen, vielen Jährchen
   die alten lieben Märchen
   von Räubern und Gendarmen,
   von Reichen und von Armen.
3. Was bringt uns denn das Fernsehn ...
   von Guten und von Bösen.
   Und alle Fälle lösen
   gescheite Kommissare.
   Das ist für uns das Wahre.
4. Was bringt uns denn das Fernsehn ...
   Man braucht nicht viel zu denken
   und sich das Hirn verrenken.
   Bei Krimis und Ganoven
   kann man so schön verdoofen.
5. Was bringt uns denn das Fernsehn ...
   Zerstreute könn' nicht denken,
   drum kann man sie schön lenken.
   Wie Hampelmannfigürchen,
   so hampeln wir am Schnürchen.
6. Ein Hampelmann muß bammeln, ja bammeln, ja bammeln.
   Gedanken soll man sammeln, ja sammeln,
   damit wir immer wissen,
   wie wir jetzt handeln müssen.
   Mit Grips und nicht mit Geistern
   läßt sich das Leben meistern.

Text und Musik: Anni Becker
Mit freundlicher Genehmigung der Autorin

Wer nur den lieben Mann läßt walten

Variationen auf einen alten Choral

Choralmelodie 1. Strophe

Zwischengesang

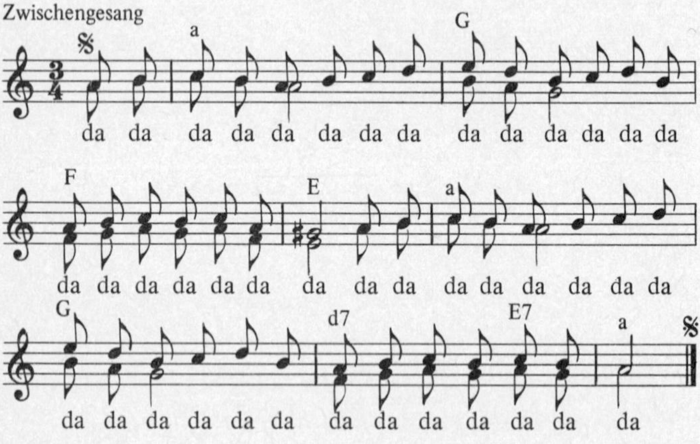

2.–4. Strophe

5. Strophe

1. Wer nur den lieben Mann läßt walten
   und seiner Führung blind vertraut,
   hat keine Sorgenfalten
   und lange eine schöne Haut.

2. Wer nur den lieben Mann läßt lenken
   und folgt ihm wie dem Speck die Maus,
   kriegt Kinder ohne nachzudenken,
   dazu von Wüstenrot ein Haus.

3. Wer nur den lieben Mann läßt denken
   und bleibt ein Weibchen zahm und nett,
   kann sich ins Modeblatt versenken
   und tummelt seinen Geist im Bett.

4. Wer nur den lieben Mann läßt machen
   und schert sich nicht um Politik,
   wirft sich dem Stumpfsinn in den Rachen
   und wird an Leib und Seele dick.

5. Wer nur den lieben Mann läßt walten
   und hört still seinen Reden zu,
   kriegt keine Sorgenfalten
   und lebt in sanfter Grabesruh.

Text: Caroline Muhr, Musik: Inge Latz
LP „Die Bonner Blaustrümpfe singen Protest- und Spottlieder“, Frauenbuchvertrieb, Berlin.
Mit freundlicher Genehmigung der Autorinnen

Wer's glaubt, wird selig

1. Am liebsten sind wir in der Küche,
   Ur-Ur-Großvater hat es schon gewußt,
   des Schweinebratens Wohlgerüche
   sind unsre höchste Lust.
   Dies spricht man uns seit unsrer Kindheit vor,
   wir werden langsam taub auf diesem Ohr.

2. Sonst sind wir als Gehilfin nütze,
   wir bleiben gern im Hintergrund und arm,
   in unsern Köpfen fehlt die Grütze,
   wir setzen ganz auf Charme.
   Dies spricht man ...

3. Wir sind geschaffen für das Monotone,
   die Fließbandarbeit liegt uns so,
   auch liegt uns sehr und zweifelsohne
   das Tippen im Büro.
   Dies spricht man ...

4. Wir können uns so herrlich bücken,
das Treppenputzen liegt uns auch,
des Weibes Anmut liegt im Rücken
und im gekrümmten Bauch.
Dies spricht man ...

5. Wir sind verrückt auf Klapperstörche,
und unser Bauch, ob flach, ob rund,
gehört dem Staate und der Körche,
denn Muttersein ist so gesund.
Doch stinkt es uns allmählich.
Und wer dies alles glaubt, wird sälich.

Text: Caroline Muhr, Musik: Inge Latz
LP „Die Bonner Blaustrümpfe singen Protest- und Spottlieder“, Frauenbuchvertrieb, Berlin.
Mit freundlicher Genehmigung der Autorinnen

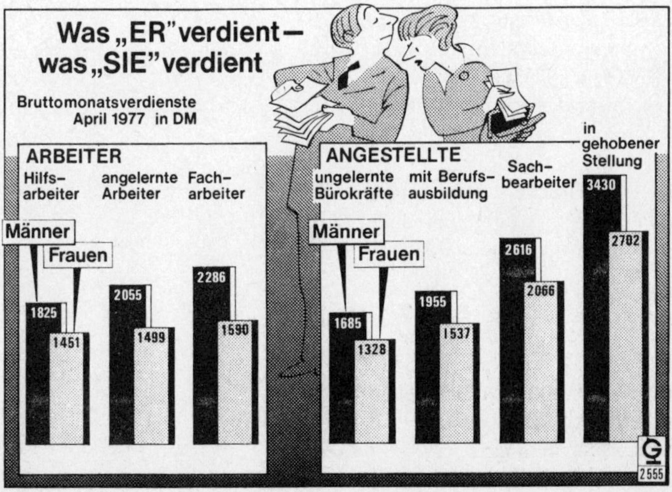

Partnerschaft

Ein Lied aus der Küche

Ich hatte eine schöne Stelle
einst bei der Deutschen Welle.
||: Dort traf ich Klaus :||
Da war es bald mit meiner,
mit meiner schönen Stelle aus.
Wir werden Partner sein fürs Leben,
vereint nach vorwärts streben,
||: sprach er mit Schmalz :||
Ich hatte seine Wäsche,
ja, seine Wäsche schon am Hals.
Und ich vergaß einmal die Pille,
es war gar nicht mein Wille.
||: So kam das Kläuschen :||
Wir zogen in ein kleines,
ein kleines Vorstadthäuschen.
Der Klaus hat seine schöne Stelle
noch immer bei der Deutschen Welle.
Bei mir da ||: ist es aus :||
Er wird Abteilungsleiter.
Ich bleib die Frau im Haus.

In meinen staubgesaugten Zimmern
darf ich mich um die Kinder kümmern.
||: Es sind jetzt zwei :||
Ihr Vater, ach, ihr Vater,
der ist fast nie dabei.
Der hat ein Mädchen bei der Deutschen Welle,
das hat jetzt meine schöne Stelle.
Ich aber ||: sitz daheim :||
wie eine Fliege,
wie eine Fliege auf dem Leim.

Text: Caroline Muhr, Musik: Inge Latz
LP „Die Bonner Blaustrümpfe singen Protest- und Spottlieder",
Frauenbuchvertrieb, Berlin.
Mit freundlicher Genehmigung der Autorinnen

Zu diesen Liedern schreibt Caroline Muhr:
„1974: Es fing damit an, daß einige Frauen des Frauenforums Bonn sich im Frühjahr überlegten, wie man Ideen der neuen Frauenbewegung möglichst wirksam und lebendig in weitere Bevölkerungskreise tragen könnte. Wir waren damals eine Gruppe mit relativ geringer Fluktuation, d. h. die etwa 20 Frauen, die sich zugehörig fühlten, kamen auch meist zu den wöchentlichen Treffen.
Wir hatten schon verschiedene Aktionen durchgeführt, Flugblätter zum § 218 und zum Muttertag verteilt, mit Passanten auf dem Marktplatz diskutiert. Theoretische Schriften über Frauenemanzipation erschienen in beachtlicher Zahl auf dem Buchmarkt. Wir waren uns klar darüber, daß diese Schriften nur einen Bruchteil der Bevölkerung erreichten, und zwar über den Intellekt. Die andere Möglichkeit, Menschen anzusprechen, nämlich auf musischem Weg über Gefühle, bot sich uns an. Wir dachten an Straßentheater, an Kabarett, vor allem aber an Lieder...
So kam es, daß Frauen, die seit 10 oder 20 Jahren kein Lied mehr über die Lippen gebracht hatten, ihre verrosteten Kehlen in Gang setzten und sich jeden Dienstagabend um einen Flügel versammelten, um zu üben.
Heute erfaßt uns ein Schauder, wenn wir an den Mut zurückdenken, mit dem wir auf dem Frühlingsfest des Bonner Montagclubs (renommierter Club für gesellschaftliche und politische Kontakte, Mitglieder: sehr viele Frauen von Ministerialbeamten) zum ersten Mal auftraten und unsere Lieder sangen. Wir hatten höchstens sechs Wochen geübt, wir hielten die Textblätter in den Händen, weil wir die Texte noch nicht auswendig konnten. Rückblickend haben wir, begleitet von einem transportablen Elektroklavier (auf rheinisch: Örjelchen), ziemlich schaurig gesungen. Aber uns ging es darum, unsere „message“ anzubringen. Wir sangen von Maria, die mit 14 anfängt, zu konsumieren und mit 50, verlassen von Mann und Kindern, nur noch ein Dreck ist. Wir sangen acht lange Strophen eines aggressiven Liedes gegen die alten und jungen Patriarchen, einschließlich des heiligen Paulus und der Kardinäle in Rom. Wir sangen das Klagelied eines Mannes, der sich selbst zutiefst bedauert, weil seine berufstätige Frau ihm seine Hemden nicht mehr pflegen will. Und wir riefen, so laut wir konnten, alle Frauen auf, endlich wach zu werden und ihren Verstand zu gebrauchen. Wir sahen, wenn wir von unseren Textblättern hochblickten, in verblüffte Gesichter. Einige verzogen sich dann zu ganz sauren Mienen, viele strahlten bald Begeisterung aus. Einige Männer (und auch Frauen), so erfuhren wir nachher, hatten unseren Auftritt als ungeheuerliche Provokation empfunden. Die Diskussion über unsere Lieder zog sich im Montagclub über mehrere Wochen hin.

Wir freuten uns darüber, daß wir imstande waren zu provozieren, und machten neue Lieder. Bei unserer Arbeit wurde uns folgendes klar: Wir konnten Menschen durch Protest und Anklage betroffen machen. Wir konnten sie aber auch mit Spott und Ironie zunächst zum Lachen (oder zum Ärgern) und dann zum Nachdenken bringen."

Aus: Frauenjahrbuch '77. S. 117–119.

Lied vom leistungsgerechten Tod

1. Die Stadt kauft ein, die Luft ist lau.
   Da singt ein Mann, der Mann ist blau.
   Sternhagelvoll singt der 'n Choral
   vom süßen Trost im Jammertal.
   Was für ein Jammer hat der wohl
   und was für'n Trost im Alkohol?
2. Die Leute schaun zum Münster hoch,
   der Mann pfeift aus dem letzten Loch.
   Die Wermutflasche in der Hand
   steht der zum Abschuß an der Wand.
   Der fiel doch so vom Himmel nicht,
   der war doch mal mit mir auf Schicht.
3. Der war so krumm wie ich und du
   auf Arbeit ohne Lust und Ruh.
   Dann arbeitslos, das alte Lied:
   Die Krise bricht das schwächste Glied.
   Verschlossen war ihm Tür und Tor,
   im Winterschnee stand er davor.

4. Dann nach paar Monat Arbeitsamt
ist er nicht mehr ins Amt gerannt.
Er war nicht clever, und auch alt,
und roch nach Schnaps, ihm war so kalt.
Der Frühling kam, die Erd schlug aus,
da war er reif fürs Arbeitshaus.

5. Erst im Akkord ein armes Schwein,
dann auf'm Müll, mit Stempelschein,
dann bloß noch die ‚soziale Last‘:
Hier mal ein Bruch und dort im Knast.
Wo bleibst du, Trost der ganzen Welt,
wenn einer so zu Boden fällt?

6. Der Bischof glänzt im Goldornat,
die Kirche küßt den Vater Staat.
‚Der Aufschwung kommt! Es werde Licht!‘
Sagt uns ein Fernseh-Grinsgesicht.
So wollen wir all danken dir
unserm Erlöser für und für.

7. Die Stadt kauft ein, die Luft ist lau.
Da fällt ein Mensch, der Mensch ist blau.
Die Leute gehen schnell vorbei
und denken fromm an Polizei.
Da leidet einer große Not,
vor Augen steht der kalte Tod.

8. Es stirbt sich schnell in diesem Staat,
wo jeder seine Chance hat:
Wenn oben einer arriviert,
dann bloß, weil unten wer krepiert.
Ihr Wolken, brecht und kotzt euch aus
aufs Gottes- und aufs Herrenhaus.

Text: Walter Moßmann, Musik: aus dem 17. Jahrhundert
(„O Heiland reiß die Himmel auf")
Aus: Beiheft zur Langspielplatte „Neue Flugblatt-Lieder",
Verlag Unsere Stimme, Trikont, München.
Mit freundlicher Genehmigung des Autors

Nachweihnacht

1. Das Weihnachtsgeschäft ist jetzt gelaufen.
Silvester macht uns wieder ungeniert.
Die lichterfüllten Herzen werden umdekoriert,
und der Weihnachtsbaum kommt auf den Abfallhaufen.

2. Gelangweilt hüpft der Heiland aus der Krippe.
Sein Vater kassiert für ihn das Honorar.
Man sieht ihm an, wie hart die Saison für ihn war,
für ihn und die ganze heilige Sippe.

3. Die Hirten sind schon ziemlich blau,
die gehn nach ihrem Auftritt in 'ne Kneipe rein.
Dort schlachten sie die Lämmlein und braten sie fein,
und sie singen und machen Radau.

4. Die Heiligen Drei Könige kommen zu spät.
Vorbei ist das Lied von der stillen Nacht.
Die Kostüme verwenden sie als Karnevalstracht,
weil das Leben ja weitergeht.

5. Grüß Gott, Fraa Babbisch, alle Wohl un' niemand Weh.
Jetzt komme Sie draa, mit Ihrer Show,
ob Engel, ob Narr, immer froh, froh, froh.
Fried' auf Erden, humba humba in der Höh'!

Text und Musik: Michael Bauer

... und das nicht nur zur Weihnachtszeit

1. Wer nach Bethlehem fliegen will
 in den Stall,
 und wer meint,
 dort ist auf jeden Fall
 der Frieden billig zu kriegen,
 der sollte woanders hinfliegen.

2. Wer nach Bethlehem reisen will
 zu dem Sohn,
 und wer glaubt,
 dort ist die Endstation
 mit Vollpension für die Seelen,
 der sollte was anderes wählen.

3. Wer nach Bethlehem gehen will
 zu dem Kind,
 und wer weiß,
 daß dort der Weg beginnt,
 ein jedes Kind nur zu lieben,
 der könnte es heute schon üben.

Text: Hildegard Wohlgemuth, Musik: Klaus Moje
Gustav Bosse Verlag KG, Regensburg

Trau dich! – Neue Kinderlieder

Frag warum

1. Sei nicht dumm, frag, war - um, denn wer
fragt, der bleibt nicht dumm. dumm.
War-um ist der Him-mel rot, wo wohnt der lie-be Gott,
wie weit ist das Meer, war - um stehn vie-le Häu-ser
leer? 2. Sei nicht dumm . . Wie arm ist 'ne Kir-chen-maus.
wo-für geb ich Geld aus, was tut man für Got-tes-lohn,
wie-viel Zin-sen hab ich schon? 3. Sei nicht dumm . .
Wann be-ginnt die Hun-gers-not, was kommt nach dem Tod,
wer re-giert die Welt, was heißt „ster-ben wie ein Held"?

1. Sei nicht dumm, frag warum,
denn wer fragt, der bleibt nicht dumm.
Warum ist der Himmel rot,
wo wohnt der liebe Gott,
wie weit ist das Meer,
warum stehn viele Häuser leer?

2. Sei nicht dumm ...
Wie arm ist 'ne Kirchenmaus,
wofür geb ich Geld aus,
was tut man für Gotteslohn,
wieviel Zinsen hab ich schon?

3. Sei nicht dumm ...
Wann beginnt die Hungersnot,
was kommt nach dem Tod,
wer regiert die Welt,
was heißt „sterben wie ein Held"?

Text: Wolfgang Schmölders, Musik: Peter Janssens
Aus: He, du, mich drückt der Schuh, 1975.

Das kurze Lied vom kleinen Heinz Becker

Text und Musik: Christiane & Fredrik
Aus: Christiane Knauf/Frederik Vahle, Die Rübe – Kinderliederarbeitsheft, Dortmund 1974.
Alle Rechte beim Weltkreis-Verlag, Dortmund

Wir werden immer größer

1. Wir werden immer größer, jeden Tag ein Stück.
Wir werden immer größer, das ist ein Glück.
Große bleiben gleich groß oder schrumpeln ein.
Wir werden immer größer, ganz von allein!

2. Wir werden immer größer, das merkt jedes Schaf.
Wir werden immer größer, sogar im Schlaf.
Ganz egal, ob's regnet, donnert oder schneit,
wir werden immer größer und auch gescheit.

3. Wir werden immer größer, darin sind wir stur.
Wir werden immer größer in einer Tour.
Auch wenn man uns einsperrt oder uns verdrischt,
wir werden immer größer, da hilft alles nischt.

Text: Volker Ludwig, Musik: Birger Heymann
Aus: Volker Ludwig/Birger Heymann, Das Grips-Liederbuch, München 1978. Alle Rechte beim Verlag Heinrich Ellermann, München

Lied der Kinder – Lied der Eltern

Lied der Kinder
1. Abends wird es bös,
Mutter wird nervös,
Vater kommt nach Haus,
alles aus!
Wir woll'n zu ihm gehn,
er will uns nicht sehn,
er will uns nicht hör'n,
weil wir stör'n.
„Ihr seid jetzt ganz mucks-
mäuschenstill,
weil Vati seine Ruhe will."

Lied der Eltern
Vater sein ist schwer,
Mutter sein noch mehr,
manchmal hab ich glatt
alles satt!
Wohnung ist versaut,
immer ist es laut,
überall ist Dreck,
ich räum weg!
Wir haben Sinn für Spaß und
Spiel –
doch was zuviel ist, ist zuviel!

2. Vater ist kaputt,
seine Nerven Schutt,
seine Arbeit tut
ihm nicht gut.
Morgens haut er ab,
Abends ist er schlapp.
Können vielleicht wir
was dafür?
„Ach, meine Nerven! Ruhe!
Raus!
Ich halte das nicht länger aus!"

Nix als Schweinerein
fallen ihnen ein,
hecken sie was aus,
ist's ein Graus.
Sie sind nicht ganz dicht,
wir versteh'n sie nicht.
Wären sie doch bloß
endlich groß!
Auch wir sind sehr für Fröhlich-
keit –
doch was zu weit geht, geht zu
weit!

3. Jedes dufte Spiel
wird Mama zuviel;
was zum Lachen ist,
nennt sie Mist.
Ist dann mal was los,
und der Spaß ist groß,
brüllt sie gar nicht nett:
Marsch ins Bett!

Kinder erziehn ist schwer
es ist ein Malheur.
Wie man sich auch streckt:
kein Respekt!
Wir soll'n ihnen traun,
hab'n sie nie verhaun,
trotzdem kuschen sie
einfach nie ...
Morgen leg ich sie
übers Knie.

Text: Volker Ludwig, Musik: Birger Heymann
Aus: Volker Ludwig/Birger Heymann, Das Grips-Liederbuch, München 1978. Alle Rechte beim Verlag Heinrich Ellermann, München

Fünfunddreißig Kinder

1. Fünfunddreißig Kinder sind zuviel für 'ne Klasse,
fünfunddreißig Kinder sind zuviel für 'ne Klasse.
Übereinander, untereinander, gegeneinander
geht es immerzu.

2. Fünfunddreißig Kinder sind zuviel für 'ne Klasse,
fünfunddreißig Kinder sind zuviel für 'ne Klasse.
Fenster zu, Türen zu, Hefte zu, Bücher zu,
Augen zu, Ohren zu, Mund und Nase zu.

3. Fünfund*zwanzig* Kinder sind genug für 'ne Klasse,
fünfundzwanzig Kinder sind genug für 'ne Klasse.

Text und Musik: Jochen Unbehaun
Mit freundlicher Genehmigung des Autors

Doof geborn ist keiner

2. Einigen hilft alle Welt,
doch den meisten fehlt das Geld,
die müssen dauernd kämpfen für ihr Recht.
Darum Kinder aufgepaßt,
daß ihr euch nichts gefallen laßt,
denn keiner ist von ganz alleine schlecht!
Doof geborn ist keiner ...

Text: Volker Ludwig, Musik: Birger Heymann
Mit freundlicher Genehmigung der Autoren

Trau dich!

2. Trau dich! Trau dich!
Auch wenn du erst fünfe bist.
Trau dich! Trau dich!
Auch Große machen Mist.
Glaub nicht alles, was du hörst,
wenn du sie mit Fragen störst.
Trau dich! Trau dich!
Bis du was erfährst.

3. Trau dich! Trau dich!
Andern geht's genauso schlecht.
Trau dich! Trau dich!
Kämpft um euer Recht!
Tretet füreinander ein,
dann könnt ihr bald viele sein.
Trau dich! Trau dich!
Du bist nicht allein.

Text: Volker Ludwig, Musik: Birger Heymann
Aus: Volker Ludwig/Birger Heymann, Das Grips-Liederbuch, München 1978. Alle Rechte beim Verlag Heinrich Ellermann, München

Wenn es um die Wurst geht, Leute

2. Storch hat einen Frosch gefangen,
   ach, du liebe Zeit,
   ach, du liebe Zeit.
   Wäre es mein Frosch gewesen,
   täte es mir leid.

3. Fuchs hat eine Gans gestohlen,
   ach, du liebe Zeit,
   ach, du liebe Zeit.
   Wär es meine Gans gewesen,
   täte es mir leid.

4. Hund hat eine Wurst gestohlen,
   ach, du liebe Zeit,
   ach, du liebe Zeit.
   Das ist meine Wurst gewesen,
   und das tut mir leid.

5. Wenn es um die Wurst geht, Leute,
   ach, du liebe Zeit,
   ach, du liebe Zeit.
   gibt es weder Recht noch Gnade.
   Ja, das tut mir leid.

Text: Hildegard Wohlgemuth, Musik: Klaus Moje
Mit freundlicher Genehmigung der Autoren

Die Rübe

1. In 'ner Ecke vom Garten hat der Paule sein Beet,
und da hat er sich dieses Jahr Rüben gesät.
Und da, wo sonst Bohnen die Stangen hochklettern,
wächst jetzt eine Rübe mit riesigen Blättern.
Paul staunt und er sagt sich: Ei, wenn ich nur wüßt,
wie groß und wie schwer diese Rübe wohl ist.
Schon krempelt er eilig die Ärmel hoch,
packt die Rübe beim Schopf und zog und zog.
Doch die Rübe, die rührt sich kein bißchen vom Fleck,
Paul zieht und Paul schwitzt, doch er kriegt sie nicht weg.
Da ruft der Paul seinen Freund, den Fritz,
und der kommt auch gleich um die Ecke geflitzt.

Refrain:
Hauruck zieht der Paul, und Hauruck zieht der Fritz.
Alle Mann, nix wie ran, ganz egal, ob man schwitzt.
Die Rübe ist dick, und die Rübe ist schwer,
wenn die dicke schwere Rübe doch schon rausgezogen wär!

2. Jetzt ziehn sie zu zweit mit Hallo und Hauruck,
doch die Rübe bleibt drin, sie bewegt sich kein Stück.
Und Fritz, der läuft los, holt vom Nachbarn den Klaus,
zu dritt kommt die Rübe ganz sicher heraus.
Herrjeh, was ne Rübe, ja da staunt auch der Klaus.
Jetzt ziehn wir ganz fest, und dann kommt sie schon raus.
Doch die Rübe, die saß drin, und da sagte der Klaus:
Ich hol meine Schwester, die ist grad zu Haus.
Hauruck zieht der Paul ...

3. Jetzt ziehn sie zu viert, doch die Rübe bleibt drin.
Der Fritz meint schon traurig: 'S hat doch keinen Sinn.
Ganz plötzlich ruft Paul: Hier ich hab 'ne Idee,
Wie wär's, wenn wir mal zum Antonio gehn?
Doch da meint der Klaus: Sowas hilft uns nicht weiter.
Das sind doch alles Kinder von so Gastarbeitern.
Mein Vater sagt immer, die verschwänden viel besser,
und außerdem sind das Spaghettifresser!
Das ärgert den Paul, was der Klaus da so spricht.
Der Antonio ist kräftig, und dumm ist er nicht.
Und außerdem, Klaus, hast du eins wohl vergessen,
du hast dich an Spaghetti neulich fast überfressen.
Wir brauchen Antonio und auch seine Brüder.
Klaus' Schwester versteht's, und sie läuft schnell hinüber,
hat alle geholt, und gemeinsam ging's ran,
alle Kinder zusammen, die packten jetzt an.
Hauruck zieht der Paul ...

4. Den Antonio zieht der Carlo mit Hallo und Hauruck!
Und sieh da, die dicke Rübe, die bewegt sich ein Stück.
Und jetzt noch mal Hauruck, und die Erde bricht auf,
die Rübe kommt raus und liegt groß oben drauf.
Die Kinder, die purzeln jetzt all durcheinander,
doch freut sich ein jeder nun über den andern,
sie sehn, wenn man sowas gemeinsam anpackt,
wird die allerdickste Rübe aus der Erde geschafft!

Text und Musik: Christiane & Fredrik
Aus: Christiane Knauf/Frederik Vahle, Die Rübe – Kinderlieder-arbeitsheft, Dortmund 1974.

Zum Lied „Die Rübe" berichten Christiane und Fredrik:

1972 sollten in die Hauptschule in Bessungen (Ortsteil von Darmstadt) ca. 90 Kinder eingeschult werden. Die Schulbehörde hatte beschlossen, diese große Zahl von Kindern in zwei Klassen unterzubringen. Das hätte eine Schülerzahl von 45 pro Klasse bedeutet – verbunden mit einer maßlosen Überforderung des Lehrers im Unterricht sowie für die Kinder eine große Benachteiligung für ihre Ausbildung. (In Bessungen ist der Anteil von Arbeitern an der Gesamtbevölkerung im Vergleich zu anderen Stadtteilen von Darmstadt sehr hoch.) Dagegen setzte sich ein Teil der betroffenen Eltern zur Wehr. In Zusammenarbeit mit der Kinderwerkstatt Bessungen, die vom „Verein für nichtrepressive Erziehung" gegründet wurde, bildeten sie eine Bürgerinitiative für kleinere Klassen an der Bessunger Hauptschule. Nach langen, hartnäckigen Verhandlungen mit der Schulbehörde erreichten die Bessunger Eltern ihr Ziel. In der Hauptschule sollten nun drei Klassen eingerichtet werden – eine davon im Sinne der Bürgerinitiative mit einer Lehrerin eigener Wahl und mit einer vorher abgesprochenen Klassenzusammensetzung.
Manche Lehrer schoben jedoch auch Kinder, mit denen sie nicht zurechtkamen, in diesen Primarstufenversuch ab. Dies waren insbesondere Kinder ausländischer Arbeiter sowie Kinder aus unterprivilegierten Bessunger Familien. Aufgrund der schlechten Arbeits- und Wohnverhältnisse der Eltern dieser Kinder ist es nicht verwunderlich, daß gerade diese Kinder oft besonders aggressiv zueinander waren und der Unterricht in dieser Klasse nicht einfach war.
Für diese Kinder sangen wir nun zunächst auf einem Kinderfest, das Eltern und Kinder des Schulversuchs zusammen veranstalteten, und dann auch in der Klasse selbst das Lied von der „Rübe". Die unmittelbare Reaktion der Kinder war erstaunlich: Einer begann wie Paul im Lied an der Rübe nun seinerseits am großen, schweren Lehrertisch zu ziehen. Während wir nun im Lied davon sangen, daß andere Kinder Paul zu Hilfe kommen und schließlich die Rübe herausziehen, standen nun auch hier andere Kinder auf, hängten sich an den ersten an und zogen schließlich – als sie zusammen stark genug waren – den schweren Lehrertisch von der Stelle. Andere Kinder, die sich nicht an der direkten Aktion beteiligt hatten, versuchten ebenfalls das im Lied Geschilderte in Bewegung umzusetzen. Sie wischten sich die Stirn (als Paul schwitzt) oder ahmten Ziehbewegungen nach. Der Ausgang des Liedes wurde mit Freude zur Kenntnis genommen ...
Die Kinder des Schulversuchs werden von freiwilligen Helfern auch nachmittags betreut, was gerade für die Arbeitereltern eine große Erleichterung ist. Dies geschieht in einem leerstehenden Haus in der Orangerie. An dieses Haus schmierten nun irgendwelche Dunkelmänner aus Bessungen NPD-Hetzparolen wie „Ausländer raus" – und das immer wieder. Da griffen die Kinder zur Selbsthilfe. Sie überstrichen die Hetzsprüche und schrieben „Ausländer rein" darüber. Dabei wurden sie eines Tages von einigen älteren Parkbesu-

chern erwischt, und es kam zu einer heftigen Auseinandersetzung. Die Leute schimpften die Kinder lautstark aus, wie sie denn dazu kämen, die Wände zu beschmieren. Außerdem ließen sie noch alle ihre verfügbaren Vorurteile über die „dreckigen Ausländer" vom Stapel. Die Kinder ließen sich das nicht gefallen. Sie brachten eine ganze Reihe von Argumenten vor, die sich in der Diskussion um die „Rübe" entwickelt hatten. Sie erzählten, daß sie mit ausländischen Kindern in die Schule gingen, daß das ihre Klassenkameraden wären, mit denen sie auch außerhalb der Schule befreundet seien, und daß man schließlich mit den ausländischen Kindern zusammenhalten müsse, wenn man etwas erreichen wolle, so wie das auch in dem Lied von der „Rübe" geschehen sei. Die Moral aus der „Rübe" wurde dann von den Kindern auch auf die Arbeit der Erwachsenen übertragen, die meinten, die ausländischen Arbeiter seien ja nötig, damit bei uns alle Arbeiten gemacht werden können... An diesem Beispiel kann man sehen, wie ein Lied (hier freilich unter besonderen Umständen) wirken kann: Die Kinder hatten sich zunächst mit dem Inhalt des Liedes vertraut gemacht. Dann hatten sie die Thematik des Liedes auf ihre eigenen Erfahrungen bezogen.

Christiane Knauf, Fredrik Vahle: Neue Kinderlieder und ihr Publikum – ein Erfahrungsbericht. In: dies., Die Maultrommel, Kinderliederarbeitsheft, Dortmund 1974, S. 123–127.

Das Lied von den Leuten, die anders sind

1. Jeder muß essen, so ist das nun mal,
   mit links oder rechts, das ist doch egal.
   Jeder muß arbeiten, jeder hat Durst,
   ob Grieche, ob Deutscher,
   ob Türke ist Wurst.
   Im Grunde ist jeder wie ich und du.
   Wer anders ist, gehört auch dazu.
2. Jeder will leben, und jeder will lachen,
   'ne Brille kann da keinen Unterschied machen.
   Ob ich nun anders bin als du:
   Wer anders ist, gehört auch dazu.
   Im Grunde ist jeder ...

Text: Kristov Brändli, Joachim Schmahl, Jürgen Tamchina,
Musik: Jürgen Tamchina
Mit freundlicher Genehmigung vom Birne-Theater,
Kristov Brändli, Berlin

Kinder ohne Zukunft

Sie sieht aus wie tausend andere neunjährige Mädchen – ihre Haut ist hell, ihr Kleid ordentlich, Augen und Haare haben nicht die verräterische Schwärze. Sie lebt wie viele Arbeiterkinder – in einer Zweizimmerwohnung, mit Küche, ohne Bad, peinlich sauber. Und sie spricht wie alle Berliner Gören – Frikadellen nennt sie „Buletten", statt „nein" sagt sie „nee".

Es sind eigentlich nur zwei Dinge, die Alyie Ficici von vornherein in eine Außenseiterrolle drängen: ihr Name und eine kleine Narbe am rechten Unterarm. Eine Pockennarbe. Deutsche Kinder werden in den Oberarm geimpft, türkische in den Unterarm. Warum das so ist, hat Folgen für sie.

Zum Beispiel die, „daß andere Kinder daran erkennen können, daß ich ein türkisches Kind bin". Und daß sie dann vielleicht an den Haaren ziehen. Oder sie anrempeln. Oder ihr nachrufen: „Du hast ja Läuse auf'n Kopf." Oder auch nur ganz knapp und böse ein Wort sagen: „Kanackenfotze".

... Ihre vier Brüder haben's leichter; sie wissen sich zu wehren. Wenn man sie „Kümmeltürken" nennt, dann rufen sie „Kümmeldeutsche" zurück. Wo Alyie schweigt, da schlagen sie zu. Zwar – in ihrer deutschen Klasse werden auch sie von Jahr zu Jahr nur mitgeschleppt, aber sie haben wenigstens deutsche Freunde gefunden. Mehmed Ficici, 12, der Älteste: „Wenn ich mit Deutschen spiele, habe ich mehr Spaß." Voller Stolz erzählt er: „Viele glauben, ick bin ein Berliner." Und auf seine Landsleute im Kreuzberger Türkenghetto blickt er verächtlich herab: „Die Straßen stinken da."

... Gastarbeiterkinder. Fünf von einer Million. Einer Million junger Türken, Jugoslawen, Griechen, Spanier, Italiener, Portugiesen, Marokkaner, Tunesier. Nicht alle sind so angepaßt wie die Ficici-Kinder, aber alle machen sie irgendwann die gleichen Erfahrungen; daß sie anders sind; daß sie die Kinder von Leuten sind, die den Deutschen den letzten Dreck wegräumen; daß sie für viele ihrer „Gastgeber" auch selbst der lezte Dreck sind.

aus: STERN Nr. 44, 1975, S. 165 f.

Ei warum? Ei darum ...

1. Unsre braven Bübchen sitzen immer still,
essen ihren Teller leer, wie's die Mama will.
Ei warum? Ei darum! Ei warum? Ei darum!
Ei bloß wegn dem Dschingderassa Dschingderassabum!
Sie bleiben folgsam stets auf dem Wege,
und in die Schule gehn sie schrecklich gern.
Und ihre Leistung ist ganz vortrefflich.
Sie ham nur Noten Eins mit Stern.
Brave Bübchen sind die Zierde von Mama und von Papa
und von Omamamama und von Opapapapa.
Brave Bübchen sind die Zierde von Mama und von Papa,
denn dazu sind sie ja da.

2. Unsre braven Mädchen sind so puppensüß,
waschen sich den Hals und außerdem die Füß.
Ei warum? Ei darum! Ei warum? Ei darum!
Ei bloß wegn dem Dschingderassa Dschingderassabum!
Sie geben niemals 'ne Widerrede
und machen nirgendwo 'ne Schweinerei
und falln den Großen nicht auf die Nerven
mit dummen Fragen und Geschrei.
Brave Mädchen sind die Zierde von Mama und von Papa
und von Omamamama und von Opapapapa.
Brave Mädchen sind die Zierde von Mama und von Papa,
denn dazu sind sie ja da.

3. Brave junge Burschen schaben sich den Bart,
treiben Sport statt Liebe nach der Väter Art.
Ei warum? Ei darum! Ei warum? Ei darum!
Ei bloß wegn dem Dschingderassa Dschingderassabum!
Sie sind so fleißig und so gehorsam,
und vor der Obrigkeit ham sie Respekt,
und auch ihr Haupthaar ist kurz geschoren,
ihr Lebenswandel nie suspekt.
Brave Söhne sind die Zierde der gesamten Nazi-on,
und dazu sind sie ja da, und dazu sind sie ja da!
Brave Söhne sind die Zierde der gesamten Nazi-on.
Daß sich das nicht reimt, ist klar.

4. Und aus braven Mädchen werden edle Frauen,
für alle Männer lieblich anzuschauen.
Ei warum? Ei darum! Ei warum? Ei darum!
Ei bloß wegn dem Dschingderassa Dschingderassabum!
Sie sind so selbstlos und so bescheiden
und machen Drecksarbeit für wenig Lohn,
gebären Kinder auf eigne Kosten
und sehr zum Nutzen der Nation.
Brave Töchter sind Maschinen für die Menschenproduktion,
und nur dazu sind sie da, und nur dazu sind sie da.
Brave Töchter sind Maschinen für die Menschenproduktion.
Daß sich das nicht reimt, ist klar!

Text: Anni Becker, Musik: volkstümlich tradiert
(„Wenn die Soldaten durch die Stadt marschieren")
Mit freundlicher Genehmigung der Autorin

Gegen falsche Macht und Herrschaft

Anderes Osterlied

2. Das könnte den Herren der Welt ja so passen,
wenn hier auf der Erde stets alles so bliebe,
wenn hier die Herrschaft der Herren,
wenn hier die Knechtschaft der Knechte
so weiterginge wie immer.

3. Doch ist der Befreier vom Tod auferstanden,
ist schon auferstanden und ruft uns
jetzt alle zur Auferstehung auf Erden,
zum Aufstand gegen die Herren,
die mit dem Tod uns regieren.

Text: Kurt Marti, Musik: Peter Janssens
Aus: Wir können nicht schweigen, Telgte 1970. Alle Rechte beim Peter Janssens Musikverlag, Telgte

Der Sozialismus, Genossen ...

Der Sänger spricht, auf die Gitarre gelehnt, fast den gesamten Text. Nur die kursive, wiederkehrende Phrase singt er nach der Melodie.

... der Sozialismus an sich
ist kostbar,
wert, daß man ihn erhält.
Aber Eurer? Seht ihn Euch an!
Eine Ruine!
Kaum habt Ihr begonnen, ihn aufzubauen,
ist er noch immer nicht fertig.
So ist das nichts!
Das muß wieder weg!
Sonst kann da nie was draus werden!

Der Sozialismus an sich, Genossen,
braucht eben Luft ...
zum Atmen, zum Bauen.
Die großen Schlösser,
sind sie nicht immer mit Luft auch gebaut!

Den Sozialismus, den Euren,
habt Ihr zu fest gefügt!
Ihm fehlt die Bewegung.
Lockert ihm hier eine Säule,
da einen Schlußstein!

Bald sollt Ihr sehen, wie er sich rührt,
wie er vom Sockel herabkommt,
wie er sich demütig neigt vor seinen
hilfreichen Kritikern.
Seht, er geht in die Knie,
wird kleiner und macht
– endlich! –
Platz dem besseren Sozialismus,
wie Ihr ihn Euch –
seid ehrlich, verdiente Genossen! –
einst selber glühend erträumet,
damals ...
als ich noch jung war.
Nun seid Ihr fett
und krumm dazu,

und wenn ich Euch spotte,
könnt Ihr noch nicht einmal lachen!
Dabei Genossen,
der Sozialismus
ist eine so große Idee,
die Hoffnung der Menschheit;
ohne den Sozialismus
geht die Geschichte nicht weiter,
kann abgeblasen werden,
führt zu nichts mehr.
Der Sozialismus, Genossen, ach ja!
Leider nur
scheiterten stets die großen Ideen
an kleinen Schwächen
der Menschen --
besonders der Funktionäre,
sagte schon unser Pastor.

Was kann uns dagegen helfen?
Nur eins:
der Sozialismus an sich!
Nicht der reale,
zusammengebastelte –
nein, der konkrete,
der, wie er wirklich wäre,
wenn es ihn wirklich gäbe,
wenn er nicht nur real wär', sondern, naja, nein wirklich ...
Genossen ...
auf so etwas muß man nur eben
auch schon mal warten können.
Euer Eifer in Ehren, Genossen!
Aber konntet Ihr nicht
ein wenig behutsamer sein?
Ihr sagtet: „Da!
Das ist unser Sozialismus!"
So sagt man das nicht!
Sagt es auf neue Weise,
sagt es nicht so dogmatisch!
Sagt: „Er ist Scheiße geworden!"
Das überzeugt.
Damit gewinnt man sich Freunde.
Und sei es der Klassenfeind.

Natürlich, Genossen,
gilt es auch wachsam zu sein, jedoch
mit dem Klassenfeind läßt es sich reden.
Bittet ihn höflich,
sich freundlicherweise nicht einzumischen,
sagt ihm, Ihr haltet Euch auch
aus dem Seinen heraus –
so wird er Euch schon gewähren lassen, wenn Ihr
im pluralistischen Meinungsstreit
erwäget den Sozialismus,
sein Für und sein Wider,
sein Wider und Für
von Anbeginn zu Anbeginn
und von neuem auf Neu,
ob's nun ein So- oder So-zialismus
oder ein anderer sein muß.

Genossen, zeigt keinerlei Stärke!
Die legt man Euch nur als Schwäche aus.
Die gute Sache siegt von alleine,
dachte schon Jesus.

Rings lauert der Feind.
Laßt lauern dahin!
Senket die Waffen!
Das wird ihn zu Tode erschrecken.
Ersticken wird er! An seiner Angst! –

Oder auch nicht. Das ist das Risiko.
Aber wenn er ersticket –
wie steht Ihr dann da?
Glänzend, wunderbar, unbürokratisch,
kein Stäubchen von Orthodoxie!

Nehmet meinen Rat an, Genossen,
schnell – und laßt mich gewähren,
sonst werde ich mich über Euch beschweren,
beim Stern, beim Spiegel und bei der FAZ.
Die haben für so was immer Platz!
Amen.

Text und Musik: Dieter Süverkrüp
Mit freundlicher Genehmigung des Autors

CDU

2. Sekretäre gingen und Minister.
Einer nach dem andern nahm den Hut.
Nach dem Rücktritt von Herrn Möller
lief das Karussell noch schneller.
Schiller zog den Schluß: Das geht nicht gut!
Bald schon können wir uns neu entscheiden,
wer in Zukunft uns regieren wird.
Wir hol'n jetzt die Mannschaft ran,
auf die man sich verlassen kann,
die uns in eine sichre Zukunft führt.
Wir wählen CDU ...

Text: Silber, Musik: Krakow (nach der Schallplatte übertragen)
Mit freundlicher Genehmigung der CDU-Bundesgeschäftsstelle, Bonn

Die hab' ich satt

1. Die kalten Frauen, die mich streicheln,
die falschen Freunde, die mir schmeicheln,
die scharf sind auf die scharfen Sachen
und selber in die Hosen machen
in dieser durchgerissnen Stadt,
– die hab ich satt.

2. Und sagt mir mal: Wozu ist gut
die ganze Bürokratenbrut?
Sie wälzt mit Eifer und Geschick
dem Volke über das Genick
der Weltgeschichte großes Rad.
– Die hab ich satt!

3. Was haben wir denn an denen verlorn:
an diesen deutschen Professorn,
die wirklich manches besser wüßten,
wenn sie nicht täglich fressen müßten.
Beamte! Feige! Fett und platt!
– Die hab ich satt!

4. Die Lehrer, die Rekrutenschinder,
sie brechen schon das Kreuz der Kinder.
Sie pressen unter allen Fahnen
die idealen Untertanen:
gehorsam – fleißig – geistig matt.
– Die hab ich satt!

5. Die Dichter mit der feuchten Hand
dichten zugrund das Vaterland.
Das Ungereimte reimen sie,
die Wahrheitssucher leimen sie.
Dieses Pack ist käuflich und aalglatt.
– Die hab ich satt!

6. Der legendäre Kleine Mann,
der immer litt und nie gewann,
der sich gewöhnt an jeden Dreck,
kriegt er nur seinen Schweinespeck
und träumt im Bett vom Attentat
– den hab ich satt!

7. Und überhaupt ist ja zum Schrein
der ganze deutsche Skatverein,
dies dreigeteilte deutsche Land.
Und was ich da an Glück auch fand,
das steht auf einem andern Blatt.
– Ich hab es satt!

Text und Musik: Wolf Biermann
Aus: Nachlaß I, Verlag Kiepenheuer & Witsch, Köln

An einige Autoritäten drüben

1. Dies ist jetzt unerträglich:
Nicht das, was feine Leute
unter „kleinkariert" verstehn,
wenn sie durch euren einge-
rahmten Staat spazierengehn.
Die stört ein Mief. Was soll das schon?
Arbeit riecht meistens schlecht.
Und auch die Spitzendeckchen über
euren Herzen störn mich nicht,
weil jeder, der zu Haus was nicht gehabt hat,
der frißt sich daran später gründlich satt.

2. Dies ist jetzt unerträglich:
Nicht weil das fehlt, was die, die
zwischen Dash und Omo wählen können,
mit kaum verschuldeter
Gewißheit Freiheit nennen.
Mich stört auch nicht das Kampfgeschrei.
Noch lebt der Klassenfeind,
der über die verlorene Einheit
falsche Tränen weint.
Solang der noch nach seinen freien Märkten schreit,
behält man seine Waffe besser schußbereit.

3. Nein, unerträglich ist jetzt dies:
Die Riesengipsfigur, die
mit dem Stalinkopf bei Fuß
nicht weiß, daß zu dem Satz
der Gegensatz zur Sprache kommen muß.
Die greisendumme Arroganz,
die „Dunkelmänner" schimpft,
wer in der großen Dunkelheit
vom roten Morgen singt.
Das können auch die jetzt nicht mehr übersehn,
die immer noch auf eurer Seite stehn.

Text und Musik: Franz Josef Degenhardt
Mit freundlicher Genehmigung des Autors und Autoren Edition, München

Grade hatten sie frisch tapezieren lassen

Fine
D E7 A A
Wenn man nur wüßt. So ra-di-kal sieht er
gar nicht aus. Auch grüßt er im-mer sehr freund-lich,
h
wenn man ihn trifft im Trep-pen-haus. Und er
cis
hat ei-ne rei-zen-de Frau. Auch in der Schu-le
war er be-liebt. Selbst bei den ei-ge-nen Schü-lern.
D E
Sei-ne Kol-le-gen sag-ten aus, sehr be-gabt soll er sein.
fis
Nur, daß er so ei-nen Ehr-geiz hat we-gen der Ar-bei-ter-
e7
kin-der. Daß sie ge-nau-so was ler-nen soll'n. Das war sein
A7
gan-zer Trick. Al-so, er nahm sie be-son-ders ran.

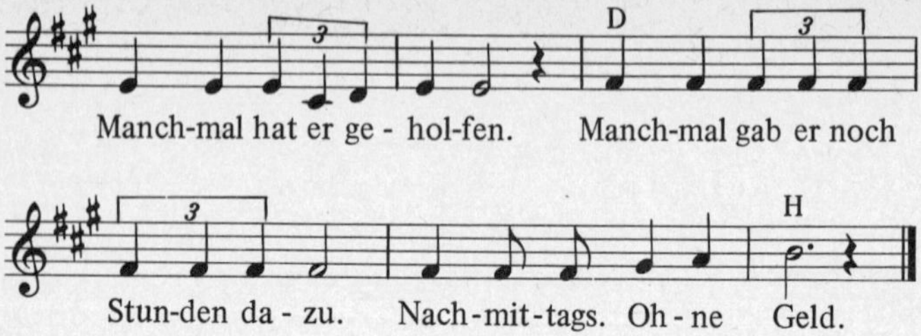

Grade hatten sie frisch tapezieren lassen.
Und den neuen Wohnzimmerschrank gekauft.
Mehr eine Schrankwand für alles: Bücher, Gläser, Fernsehn, Schnaps.
Ganz in Kunststoff. Es ging mit ihnen bergauf.

Er kriegte volles Gehalt seit anderthalb Jahren.
Später die schöne Pension. Ein sicheres Geld.
Und bei ihr kommt was Kleines. Sie wollten schon so lang.
Nun war eigentlich nichts mehr, woran es fehlt.

Warum wird so einer Kommunist?
Wo er so glücklich verheiratet ist.
Wenn man nur wüßt'.

So radikal sieht er gar nicht aus.
Auch grüßt er immer sehr freundlich
wenn man ihn trifft im Treppenhaus.
Und er hat eine reizende Frau.

Auch in der Schule war er beliebt.
Selbst bei den eigenen Schülern.
Seine Kollegen sagten aus,
sehr begabt soll er sein.

Nur, daß er so einen Ehrgeiz hat
wegen der Arbeiterkinder.
Daß sie genauso was lernen soll'n.
Das war sein ganzer Trick.

Also, er nahm sie besonders ran.
Manchmal hat er geholfen.
Manchmal gab er noch Stunden dazu.
Nachmittags. Ohne Geld.

Seine Eltern waren ganz kleine Leute.
Er hat sein Studium, alles selber verdient.
In der Fabrik. Als Lastwagenfahrer. Und später auf dem Bau.
Sieht man noch heute, wenn er ein Werkzeug nimmt.

Möglich, daß er darum die Arbeiterkinder
etwas bevorzugt. Er weiß ja, so sieht es aus,
wenn einer ganz von unten kommt. Da strampelt er sich ab.
Aber er kann doch froh sein. Er ist doch raus.

Warum wird so einer Kommunist,
wo er so gerade am Aufsteigen ist?
Wenn man nur wüßt'.

Seine Frau erzählt schon mal was.
Sie sagt, das ist so gewesen:
Sein Lehrer hat seine Begabung erkannt.
Und der hat ihn weiter gebracht.

Also, er hätte das Zeug gehabt,
Mathematik zu studieren.
Aber aus irgendwie Dankbarkeit
wollt' er auch Lehrer sein.

Und da war er natürlich enttäuscht,
als er einsehen mußte,
daß er da gar nicht viel machen kann.
Das hat ihn wohl ziemlich gewurmt.

Eine Klasse mit fünfzig Mann.
Und: was im Lehrplan drinsteht.
Lange hat er's mitangesehn.
Und dann ist es eben passiert.

Nicht mal Beamter ist heutzutage was Festes.
Nun die Frage: was fängt er beruflich an?
Seine Frau ist Verkäuferin. Doch wer stellt die noch ein?
In dem Zustand, wo man's schon sehen kann.

Früher wenn einer Jude war oder Zigeuner –
das war Schicksal; da konnte er nichts dafür.
Aber Kommunismus ist doch nichts Angeborenes
wie ein Talent für Geige oder Klavier.

Warum wird so einer Kommunist?
Wo er die Folgen voraussehen müßt,
wie das dann ist.

Aber dann lächelt er immer nur
und sagt: so ist das hier eben:
daß man sogar für sein bißchen Lohn
jedes Jahr kämpfen muß.

Irgendwie sieht er das alles sehr kraß.
Auch das Problem mit den Schulen.
Was das nun ausgerechnet mit
der Rüstung zu tun haben soll?

Also, ich kann das nicht so erklär'n.
Jedenfalls meint er die Wirtschaft.
Daß das alles an denen hängt.
Und an dem ganzen Profit.

Gut, da hört man es wieder heraus:
diese bestimmte Richtung.
Aber wenn er es einem erklärt,
kann man es fast verstehn.

Deswegen ist er ja so gefährlich als Lehrer.
Deswegen haut man von oben so auf die ein.
Wo sie doch harmlos sind, wenn man das Wahlergebnis nimmt.
Aber sie sind nicht in allen Ländern so klein.

Jedenfalls ist das alles eine Tragödie.
Wenn man nur an die Ferien als Lehrer denkt.
Und nun müssen sie womöglich nach woanders ziehn.
Und vor kurzem die neuen Gardinen gehängt.

Warum wird so einer Kommunist?
Wo so ein Umzug so aufregend ist.
Und all der Mist.
Tja!

Text und Musik: Dieter Süverkrüp
Mit freundlicher Genehmigung des Autors

Die Ballade von den Weißmachern und was mit ihnen geschehen muß

1. Und als der fleißige Student
beendet hat sein Studium,
da zog er aus der Lernfabrik
in eine andre um.
Das war ein großes Seifenhaus.
Mit hundert andern stellte er
schier dreißig Jahr, tagein tagaus
die allerfeinste Seife her.

Die hatte hundert Weißmacher.
Und hat sein Lebtag nicht gefragt,
warum er solchen Unsinn macht.

2. Und er bekam als Lohn dafür
Haus und Wagen, Kind und Frau.
Das nannte er sein Eigentum.
So handelte er auch genau.
Da durfte keiner ran und rein.
Das liebte und das putzte er
zum Wochenend jahraus jahrein
mit allerfeinstem Seifenschmeer.
Der hatte hundert Weißmacher.
Und hat sein Lebtag nicht gefragt,
warum er solchen Unsinn macht.

3. Und als er fünfzig Jahr alt war,
da fing er plötzlich an zu schrein.
Er kotzte in den Seifentrog
und dabei fiel er rein.
Natürlich hatte er kein Glück.
Zerkocht, zermahlen wurde er,
gepreßt zu tausend Seifenstück.
Die Seife ist noch im Verkehr,
und die hat hundert Weißmacher.
Und hat sein Lebtag nicht gefragt,
warum er solchen Unsinn macht.

4. In diesem Produktionsprozeß
wird zum Produkt, wer produziert.
Das ändert sich so lange nicht,
bis es geändert wird.
Denn ihm gehört der Apparat,
na nennen wir ihn „Arbeiter",
erst, wenn der ihn sich genommen hat,
dann ist er keine Ware mehr,
wenn er sie in die Hölle schickt, die Weißmacher.
Und das sei nicht nur so gesagt.
Es kommt drauf an, daß man es macht.

Text und Musik: Franz Josef Degenhardt
Mit freundlicher Genehmigung des Autors und der Autoren Edition, München

Lied vom roten Stein der Weisen

1. Den roten Stein der Weisen, gib zu!
den gibt's doch nicht, Genosse, auch du,
den gibt es doch nicht. Genosse, auch du,
du hast ihn nicht gefunden.

2. Wir haben wie blödes Federvieh
mit rotem Kamm und Kikerikii
zum Gaudi für die Bourgeoisie
uns oft genug zerschunden.

3. Der Kampf ist hart, und unser Feind
ist schlau und hat sich längst vereint,
ist schlauer als wir! und hat sich vereint
und will uns einzeln schlagen.

4. Genossen! Fragt nicht penetrant
wie in dem Märchen hirnverbrannt:
Wer ist der Linkste im ganzen Land?
Das kann kein Spiegel sagen.

5. Den roten Stein der Weisen, gib zu!
den gibt's doch nicht, Genosse, auch du,
den gibt es doch nicht. Genosse, auch du,
du hast ihn nicht gefunden.

6. Wir haben wie blödes Federvieh
mit rotem Kamm und Kikerikii
zum Gaudi für die Bourgeoisie
uns oft genug zerschunden.

Text und Musik: Wolf Biermann
Mit freundlicher Genehmigung des Autors

Moritat auf Biermann seine Oma Meume in Hamburg

1. Als meine Oma ein Baby war, vor achtundachtzig Jahrn,
da ist ihre Mutter im Wochenbett mit Schwindsucht zum Himmel gefahrn.
Als meine Oma ein Baby war, ihr Vater war Maschinist,
bis gleich darauf die rechte Hand ihm abgerissen ist.

2. Das war an einem Montag früh, da riß die Hand ihm ab.
Er war noch froh, daß die Fabrik den Wochenlohn ihm gab.
Als meine Oma ein Baby war, mit ihrem Vater allein,
da fing der Vater Saufen an und ließ das Baby schrein.

3. Dann ging er in die Küche rein. Und auf dem Küchenschrank,
da stellte er ganz oben rauf die kleine Küchenbank,
und auf die Bank zwei Koffer noch, und auf den schiefen Turm,
ganz oben rauf aufs Federbett das kleine Unglückswurm.

4. Dann ging er mit dem letzten Geld in Meyers Freudenhaus
und spülte mit Pfefferminz-Absinth sich das Gewissen raus,
und kam zurück im Morgengrau, besoffen und beschissen,
und stellte fest: „Verflucht, das Wurm hat sich nicht totgeschmissen!"

5. Das Kind lag friedlich da und schlief hoch oben auf dem Turm.
Da packte er mit seiner Hand das kleine Unglückswurm,
nahm es behutsam auf den Arm und weinte Rotz und Wasser,
und lallte ihm ein Wiegenlied. Vor Glück und Liebe fraß er

6. der Oma fast ein Öhrchen ab und schwor, nie mehr zu trinken.
Und weil er Maschinist gewesen war, schwor er das mit der
Linken.
Das ist ein Menschenalter her. Hätt sie sich totgeschmissen,
dann würde ich von alledem wahrscheinlich gar nix wissen.

7. Die Alte lebt heut immer noch. Und kommst du mal nach Westen,
besuch sie mal und grüß sie schön vom Enkel, ihrem Besten.
Und wenn sie nach mir fragt und weint und auf die Mauer flucht,
dann sage ihr: Bevor sie stirbt, wird sie noch mal besucht.

8. Und während du von mir erzählst, schmiert sie dir, erster Klasse,
ein Schmalzbrot, dazu Muckefuck in einer blauen Tasse.
Vielleicht hat sie auch Lust, und sie erzählt die paar Geschichten.
Und wenn sie schön sind, komm zurück, die mußt du mir
berichten.

Text und Musik: Wolf Biermann
Aus: Nachlaß I, Verlag Kiepenheuer & Witsch, Köln

Vom Machen, Schreiben, Lesen, Machen, Schreiben ...

1. Alles genau beschrieben
mit ziemlich gutem Gewissen,
wie es die Väter getrieben,
was die hätten machen müssen.
Das hat sich sehr gut gelesen.
Als wär man dabeigewesen.
Man war aber nicht ...

2. Alles genau beschrieben
mit ziemlich gutem Gewissen,
wie sie es schon wieder trieben,
und was man hat machen müssen.
Das hat sich sehr gut gelesen,
als wär das woanders gewesen.
Das war's aber nicht.

3. Dann wollte man auch was machen.
Resolutionen geschrieben.
Da mußten die Macher sehr lachen.
Und dann aufs Podium gestiegen,
von Revolution gesungen.
Das hat sehr gut geklungen.
Die kam aber nicht.

4. Jetzt hockt man so auf der Leiter,
will keine Eier mehr legen.
Die Macher machen so weiter
und haben gar nichts dagegen. –
Dies Lied hat genau beschrieben,
was man so hat getrieben.
Viel war das nicht.

5. Erst wenn man das wird betreiben,
was längst hätt' betrieben werden müssen,
wird man wieder beschreiben,
was sich auch lohnt zu wissen.
Das wird sich viel schwerer lesen.
Man ist ja dabeigewesen.
Oder auch nicht.

Text und Musik: Franz Josef Degenhardt
Mit freundlicher Genehmigung des Autors und Autoren Edition, München

Der Baggerführer Willibald

Letzte Strophe:

1. Es ist am Morgen kalt.
Da kommt der Willibald
und klettert in den Bagger
und baggert auf dem Acker
ein großes tiefes Loch.
Was noch?

2. Naja, so fängt das an.
Dann kommen alle Mann.
Sie bauen erst den Keller.
Dann baun sie immer schneller.
Was kommt dabei heraus?
Ein Haus!

3. Und in das Haus hinein
ziehn feine Leute ein.
Die Miete ist sehr teuer.
Kost' siebenhundert Eier.
Wer kriegt die Miete bloß?
Der Boß!

4. Der Boß kommt groß heraus.
Dem Boß gehört das Haus.
Dem Boß gehört der Bagger,
der Kran und auch der Acker.
Und alles, was da ist.
So'n Mist!

5. Der Boß steht meistens rum
und redet laut und dumm.
Sein Haus, das soll sich lohnen.
Wer Geld hat, kann drin wohnen.
Wer arm ist, darf nicht rein!
Gemein!

6. Der Willibald kriegt Wut.
Er sagt: „Das ist nicht gut!"
Er steigt auf eine Leiter:
„Hört her, ihr Bauarbeiter,
der Boß ist, wie ihr seht,
zu blöd!

7. Sein Haus, das bauen wir.
Was kriegen wir dafür?
Der Boß zahlt uns den Lohn aus.
Die Miete für sein Wohnhaus,
die ist in unsrem Lohn
nicht drin!

8. Das hat doch keinen Zweck.
Der Boß geht besser weg!
Dann baun wir für uns selber
ein schönes Haus mit Keller.
Da ziehen wir alle ein.
Au, fein!"

9. Wie Willibald das sagt,
so wird es auch gemacht.
Die Bauarbeiter legen los
und bauen Häuser, schön und groß,
wo jeder gut drin wohnen kann,
weil jeder sie bezahlen kann.
Der Baggerführer Willibald
baut eine neue Schwimmanstalt.
Da spritzen sich die Leute naß.
Das macht sogar dem Bagger Spaß.

Text und Musik: Dieter Süverkrüp
Mit freundlicher Genehmigung des Autors

Kalles Freundin

Kalle möchte eine Freundin,
weil man eine haben muß.
Aber was für eine Freundin!
Größer als ein Omnibus.

Und mit vielen schönen Augen,
rot und gelb und blau und grün.
Und mit Knöpfen zum drauf Drücken
und mit Hebeln zum dran Ziehn.

Und ihr Frühstück ist elektrisch.
Und statt Limo trinkt sie Öl.
Seine Freundin ist gefräßig.
Aber auch sehr stark und schnell.

Zwanzigmal so stark wie Kalle.
Und so schnell, daß man's kaum sieht.
Kalle ist dagegen langsam.
Das ist schon ein Unterschied.

Außerdem tut seiner Freundin
nie der Kopf weh oder was.
Immer macht sie ihre Arbeit –
ohne Ärger oder Spaß.

Aber leider ist sie teuer,
daß man's kaum bezahlen kann.
Da kommt Herr von Rotz gegangen,
Herr von Rotz, der reiche Mann.

Und er kauft sich die Maschine.
Und er sagt: „Welch schönes Stück!"
Herr von Rotz hat viel Maschinen –
und Fabriken, massig dick.

Ihm gehört das Werk, wo Kalle
jeden Tag zur Arbeit geht.
Eines Morgens sieht der Kalle,
daß da die Maschine steht.

Kalle jubelt: „Meine Freundin!"
Und er streichelt sie und lacht.
Und ist froh, daß die Maschine
nun für ihn die Arbeit macht.

Da kommt Herr von Rotz gegangen,
räuspert sich und sagt sodann:
„Diese herrliche Maschine
arbeitet für zwanzig Mann.

Einer kann sie nur bedienen.
Neunzehn brauche ich nicht mehr.
Neunzehn Männer sind entlassen.
Auch der Kalle, bittesehr!"

Kalle ist gleich hingelaufen:
„He, Maschine! Was ist los?
Biste nun von uns die Freundin?
Oder biste die vom Boß?"

Leise tickert die Maschine
und sagt tief aus ihrem Bauch:
„Das ist so: Wem wir gehören,
dessen Freunde sind wir auch.

Wenn ihr meint, daß wir Maschinen
besser eure Freunde wärn,
müßt ihr eben dafür sorgen,
daß wir erst mal euch gehörn."

Text: Dieter Süverkrüp, Musik: Wolfgang Dauner u. Dieter Süverkrüp
Mit freundlicher Genehmigung von Dieter Süverkrüp

El Condor pasa

2. Der Morgen brennt, und aus den Bergen fällt der Schrei,
Schrei zum Kampf, auf das Land.
Und schwarze Panther stehn zum Sprung bereit, ah ja.
Überall liegt der Brand.
Zerhackt die Yankee-Gier nach Gold und Blut,
diese Gier wird nie satt.
Erst kann Frieden sein in jedem Land,
wenn man sie getötet hat.
Ah ja. El Condor pasa.

Text: Franz Josef Degenhardt, Musik: nach einem alten Inkalied
Mit freundlicher Genehmigung des Autors und Autoren Edition, München

Ermutigung

1. Du, laß dich nicht verhärten
in dieser harten Zeit.
Die allzu hart sind, brechen.
Die allzu spitz sind, stechen
und brechen ab sogleich.
2. Du, laß dich nicht verbittern
in dieser bittren Zeit.
Die Herrschenden erzittern
– sitzt du erst hinter Gittern –
doch nicht vor deinem Leid.
3. Du, laß dich nicht erschrecken
in dieser Schreckenszeit.
Das wolln sie doch bezwecken,
daß wir die Waffen strecken
schon vor dem großen Streit.
4. Du, laß dich nicht verbrauchen,
gebrauche deine Zeit.
Du kannst nicht untertauchen.
Du brauchst uns, und wir brauchen
grad deine Heiterkeit.
5. Wir wolln es nicht verschweigen
in dieser Schweigezeit:
Das Grün bricht aus den Zweigen.
Wir wolln das allen zeigen,
dann wissen sie Bescheid.

Text und Musik: Wolf Biermann
Aus: Nachlaß I, Verlag Kiepenheuer & Witsch, Köln

Der neudeutsche Zwiefache

1. Ob wir uns am Fließband hetzen
oder Rock und Hose wetzen
vierzig Stunden im Büro,
ob wir blauen Anton tragen
oder aber weiße Kragen,
das tut jetzt mal nichts dazu.

2. Ob wir deutsch sind bis in' Knochen
und auf deutsche Rechte pochen,
so als wärn wir besser dran,
oder kommen aus dem Süden
unsre Knochen zu vermieten,
darauf kommt es jetzt nicht an.

3. Aber ob wir, wenn wir streiken,
unsre schöne Einheit zeigen,
jung und alt und Frau und Mann,
oder heimlich Stunden stechen
und den Streik in Stücke brechen:
darauf, darauf kommt es an!

4. Ob wir Feld und Wald und Wiesen
bloß am Wochenend genießen
und beschaun die bunte Kuh,
oder auf dem Acker schuften
und nach Mist und Jauche duften,
das tut jetzt mal nichts dazu.

5. Ob wir in den Giftfabriken
schon am Arbeitsplatz ersticken
oder erst im Wohngebiet
von den Strahlen und den Schwaden
den ‚privaten' Schaden haben:
das ist doch kein Unterschied.

6. Aber ob wir Öfen bauen,
die die halbe Welt versauen
mit dem Tod, den niemand sieht,
oder heut im Haufen rennen,
daß wir morgen schnaufen können:
das ist doch ein Unterschied.

7. Ob wir auf die Bibel bauen
oder August Bebel trauen
oder Lenin und Mao,
ob wir uns ganz vorne quälen
oder's kleinre Übel wählen,
das tut jetzt mal nichts dazu.

8. Ob wir uns in heißen Zeiten
wie die Gockelhähne streiten
um den allerbesten Plan,
ob wir nur Reformen meinen
oder von was Bessrem träumen,
darauf kommt es jetzt nicht an.

9. Aber ob wir uns zersplittern
und verschütt gehn und verbittern,
oder gehn dagegen an
gegen diese Maulkorb-Mode,
gegen die Berufsverbote:
darauf, darauf kommt es an!

Text: Walter Moßmann, Musik: volkstümlich tradiert
(„Prinz Eugen, der edle Ritter")
Aus: Beiheft zur Langspielplatte „Neue Flugblatt-Lieder",
Verlag Unsere Stimme, Trikont, München.
Mit freundlicher Genehmigung des Autors

Zu diesem Lied schrieb uns Walter Moßmann
1719 wurde auf diese Melodie ein volkstümliches Zeitungslied veröffentlicht, das den Sturm auf Belgrad (1717) beschreibt, ‚Prinz Eugen, der edle Ritter': „Prinz Eugenius, der edle Ritter, / wollt dem Kaiser wiedrum kriegen / Stadt und Festung Belgerad. / Er ließ schlagen einen Brucken, / daß man kunnt hinüberrucken / mit der Armee wohl für die Stadt..."
In der Zeit vor der Revolution von 1848/49 wurde eine andere Textfassung bekannt: „Ob wir rote, gelbe Kragen / Helme oder Hüte tragen/ Stiefel tragen oder Schuh ..." – das ‚Bürgerlied'. Die Vaterschaft ist nicht genau entschieden, vielleicht war ein Pastor der Autor oder der Chefpräsident des Oberlandesgerichts Naumburg.
Das alte ‚Bürgerlied' behandelt ein Thema der Französischen Revolution, die Gleichheit der ‚citoyens' (Staatsbürger) trotz Unterschieden des Standes, der Bildung und des Reichtums. Das war für die feudalen Verhältnisse in Deutschland revolutionär. Und das Ziel dieser Gleichheit wird auch genannt: Leistung. „Aber ob wir Neues bauen / oder Altes nur verdauen / wie das Gras verdaut die Kuh, / ob wir in der Welt was schaffen / oder nur die Welt begaffen, / das tut, das tut was dazu."
Nach 1918 wurde (laut Steinitz) dieses Lied in der Arbeiterbewegung nicht mehr gesungen, es ‚genügte nicht mehr'. Warum? Wir haben ja die bürgerliche, formale Gleichheit vor dem Gesetz – aber, genügt uns das? Machen nicht die ökonomischen Unterschiede zwischen Lohnabhängigen und Besitzern von Produktionsmitteln diese ‚Gleichheit' in der Menschlichkeit wieder kaputt? Und was ist aus dem ‚schaffen' geworden? Leistung, die sinnlose Produkte hervorbringt, oder schädliche, die den Arbeitenden zerstört und an psychisch wie körperlich schädliche Genüsse bindet... Also: ich kann die alte Fassung nicht mehr singen.
Wenn das Bürgerlied bei den Folk-Festivals erklingt (und oft mitgesungen wird), dann vermutlich nicht wegen der Idee von 1845. Vielleicht weil der Zwiefache ganz gut klingt, vielleicht, weil es angenehm ist, an einer fortschrittlichen Tradition anzuknüpfen, oder vielleicht, weil sich bei diesem Lied ein Gefühl von Einigkeit einstellt, die wir ja oft genug bitter vermissen im Alltag. So sind auch die aktualisierten Fassungen Versuche, die notwendige Einigkeit zu beschreiben... Zu Hause sind diese Liedfassungen wohl vor allem bei Folk-Festivals, wo die wirkliche Gemeinsamkeit in der Tatsache besteht, daß alle eine Eintrittskarte gekauft haben, Folk-Musik hören wollen und viele unzufrieden sind mit den politischen Verhältnissen in ihrem Alltag. So ein progressiver touch liegt über jeder Festival-Wiese, allerdings bleibt es dort bei einer Art Feierabend-Stimmung, denn der Alltag fängt am Montag erst wieder an.

Also noch ein weiterer Versuch, dem Bürgerlied einen neuen Text zu geben, der an drei Beispielen die Einheit zu konkretisieren versucht, weil sie nicht bloß Stimmung bleiben darf, sondern notwendig ist (wenn auch schwierig) im Streik, im Kampf gegen Umweltzerstörung, im Kampf für demokratische Rechte. Man kann das Lied ganz gut zusammensingen, wenn Flugblätter mit Texten vorliegen. Bei der ran-Fete dieses Jahr (1977) in Recklinghausen ging es sehr gut.

Kommt an den Tisch unter Pflaumenbäumen

2. Sicher, wir sind ganz schön mitgenommen,
die Stimmen sind heiser vom Schrein.
Töne gibt's da manchmal im Lachen,
da muß man schon vorsichtig sein.
Mißtrauisch sind wir beim Spaß geworden.
Nein, machen wir uns da nichts vor.
Schmaler Verdacht in den Augenwinkeln,
die Hand am geschlitzten Ohr.
Doch unsre Sache, unsre Sache,
die steht nicht schlecht.
3. Erzählt von eueren Fahrten, Genossen,
was man da macht und wie man da singt.
Hanoi, von der Großen, Unbesiegten,
und wie man die Ernte einbringt.
Vom Vollmond über Havanna, der Schönen,
im Schutz von Raketen aus Stahl
vom Donez. Erzählt von georgischen Festen.
Erzählt bei unserem Mahl
von unsrer Sache. Unsre Sache
die steht nicht schlecht.
4. Sicher sind auch unsere Schwierigkeiten.
Das Einfache ist ziemlich schwer.
Vorsicht ist in unsere Träume geschlichen,
die Maultrommel spielen wir nicht mehr.
Erzählt aber auch von den Streiks und Aktionen,
von Festen und von unserem Spaß,
und wie allmählich die Steine tanzen,
die Mauern aus Dummheit und Haß.
Ja, unsre Sache, unsre Sache,
die steht nicht schlecht.
5. Also kommt an den Tisch unter Pflaumenbäumen,
der Hammel ist gar überm Lauch.
Paprika soll uns im Halse brennen,
der reife Kartoffelschnaps auch.
Harmonika spielen wir und Trompeten,
elektrischen Baß und Schalmein
und werden noch unter den Bäumen liegen,
wenn morgens die Nachtvögel schrein.
Denn unsre Sache, unsre Sache,
die steht nicht schlecht.

Text und Musik: Franz Josef Degenhardt
Mit freundlicher Genehmigung des Autors und Autoren Edition, München

Sonst wollen sie nichts

2. Sie verkaufen ihre Würde für den Mammon und die Lust,
und es schwellt sich dabei fortschrittsgläubig ihre Brust.
Pornographie, hi hi hi hi,
der Mensch ein parfümierter Affe,
sonst wollen sie nichts.
3. Ach wie vielen hilflos Kleinen hat die Sonne nie gelacht,
wieviel Ungeborenes haben kalt sie umgebracht!
Sie fürchten nur die Pfuscherkur
und schrein jetzt nach den besten Ärzten
und schämen sich nicht.
4. Und sie haben ihre Rechnung immer ohne Gott gemacht,
und sie haben über die Gebote nur gelacht.
Wenn's über Nacht dann plötzlich kracht,
wenn Hunderttausende verrecken,
hat ER alle Schuld.

Text und Musik: Alo Hamm, 2. bis 4. Strophe: K. Bürgener
Mit freundlicher Genehmigung der Autoren

Gegen den Krieg

Wann ist denn endlich Frieden?

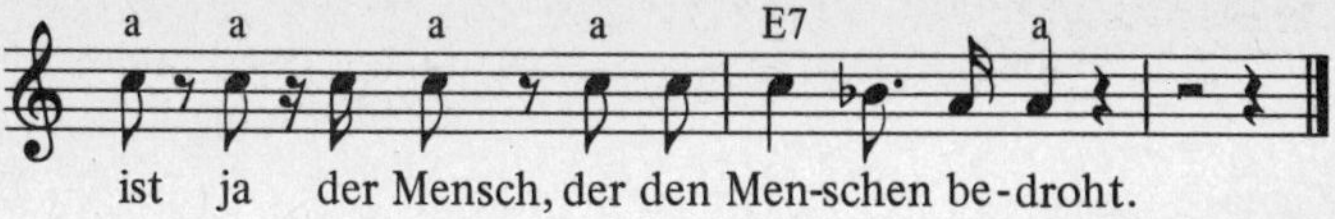

1. Wann ist denn endlich Frieden
in dieser irren Zeit?
Das große Waffenschmieden
bringt nichts als großes Leid.
Es blutet die Erde,
es weinen die Völker,
es hungern die Kinder,
es droht großer Tod.
Es sind nicht die Ketten,
es sind nicht die Bomben,
es ist ja der Mensch,
der den Menschen bedroht.

2. Die Welt ist so zerrissen
und ist im Grund so klein.
Wir werden sterben müssen,
dann kann wohl Friede sein.
Es blutet die Erde,
es weinen die Völker,
es hungern die Kinder,
es droht großer Tod.
Es sind nicht die Ketten,
es sind nicht die Bomben,
es ist ja der Mensch,
der den Menschen bedroht.

Text und Musik: Wolf Biermann
Aus: Nachlaß I, Verlag Kiepenheuer & Witsch, Köln

Der müde Soldat

1. Ein kahles Mädchen. Heckenblaß-entlaubt.
   Sie steht am Weg. Ich gehe weit vorbei.
   So stehen alle: Reih in Reih
   und Haupt an Haupt.
2. Was weiß ich noch von heiligen Gewässern
   und von des Dorfes Abendrot?
   Ich bin gespickt mit tausend Messern
   und müde von dem vielen Tod.
3. Der Kinder Augen sind wie goldner Regen,
   in ihren Händen glüht die Schale Wein.
   Ich will mich unter Bäumen schlafen legen
   und kein Soldat mehr sein.

Text: Klabund, Musik: Karsten Bürgener
Mit freundlicher Genehmigung des Komponisten

Lied vom Tod auch des Todes

2. Und einsam auf dem Haufen
sitzt sterbenskrank der Tod.
Wenn alle Menschen hin sind,
verliert der Tod sein Brot.
Das ist der schwarze Tod ...
3. Und bleibt nichts mehr zum Sterben
und steht kein Korn zum Mähn,
verliert der Tod sein' Arbeit,
muß selbst zugrunde gehn.
Das ist der schwarze Tod ...

Text und Musik: Wolf Biermann
Aus: Nachlaß I, Verlag Kiepenheuer & Witsch, Köln

Hier ist rot, da ist rot

1. Hier ist rot, da ist rot,
unter meinen Füßen,
hab verloren meinen Schatz
bei dem Blutvergießen.
Such ich hier, such ich da, unter diesen allen,
einen, der den Kopf hinhält für alle, die da fallen.

2. Hier ist weiß, da ist weiß,
unter meinen Füßen,
hab verlor'n mein Augenlicht
bei dem großen Schießen.
Such ich hier, such ich da weiße Fahnenfetzen,
einen, der mir sehen hilft, wenn wir sie vollmast setzen.

3. Hier ist schwarz, da ist schwarz,
unter meinen Füßen,
hab verlor'n mein Schuldgefühl,
werd es suchen müssen.
Such ich hier, such ich da, unter diesen allen,
einen, der die Schuld vergibt, allen, die da fallen.

Text: Hildegard Wohlgemuth, Musik: Klaus Moje

Sag mir, wo die Blumen sind?

2. Sag mir, wo die Mädchen sind ...
   Männer nahmen sie geschwind.
3. Sag mir, wo die Männer sind ...
   Zogen fort, der Krieg beginnt.
4. Sag mir, wo die Soldaten sind ...
   Über Gräbern weht der Wind.
5. Sag mir, wo die Gräber sind ...
   Blumen wehn im Sommerwind.
6. Sag mir, wo die Blumen sind ...
   Mädchen pflückten sie geschwind.

Text und Musik: Pete Seeger (deutsch: Max Colpet)

Die Engelwiese

1. Es hat sich halt geöffnet das himmlische Tor.
Die Bomben, ei die kugelen
ganz haufenweis hervor.
Die Bubele, die Madele,
die schlagen Putzigagele,
bald auf und bald unter,
bald bim und bald bam,
bald rüber und bald nüber,
ganz weit weg in Vietnam.

2. Drum halten wir fein stille und sagen kein Wort,
sonst kommt ein kleines Bombele
hierher an unsren Ort.
Geselle, Lehrling, Meisterle,
die gehen dann Koppheisterle,
bald auf und bald unter,
bald ritsch und bald ratsch,
bald rüber und bald nüber,
und dein Schädele ist Matsch.

3. Da winkt ein Kriegsministerle vom himmlischen Reich,
da laufen all die Bubele
zum Bubele zugleich.
Und auf dem Erdenkugele
ein einzig Blutgesudele,
bald auf und bald unter,
bald ich und bald du,
bald rüber und bald nüber,
und die Musik spielt dazu.

Text: Hildegard Wohlgemuth, Musik: Klaus Moje (nach einem schwäbischen Weihnachtslied)
Aus: Neue geistliche Lieder II, BE 803. Alle Rechte bei Gustav Bosse Verlag KG, Regensburg

Nie wieder

Februar 1960, zur Erinnerung an Freddy Gothmann

2. Und der Knabe ward fünfzehn Jahr,
   war ohn' Furcht und Tadel,
   führte der Jungen Wildfeuerschar
   mit der Güte nur, mit seinem Adel.
3. Und mit zwanzig Jahren er kam
   unter die Soldaten,
   übte Gehorsam, hatte Elan,
   sang von Ahnenruhm und Heldentaten.
4. Doch der Krieg kam bald über Nacht,
   fraß in ihre Reihen.
   Zwanzigmal hat er den Spähtrupp gemacht,
   treu dem Fahneneid sich ganz zu weihen.
5. Vor Sytschjewka im Minenfeld
   brach sein Mut zusammen.
   Über ihm stürzte ein eine Welt,
   und er sank dahin in Feuerflammen.
6. Als der Knabe geboren war,
   viele Leute kamen.
   Doch er starb einsam, ohne Altar,
   und kein Psalmgesang, kein Glockenläuten

Klingende Chronik. So war das damals. In Todesanzeigen konnte man oft den Satz lesen: In stolzer Trauer ... Und wie erbärmlich sind sie gefallen.

Text und Musik: Alo Hamm
Mit freundlicher Genehmigung des Autors

Es war an einem Sommertag

1. Es war an einem Sommertag,
irgendwann und irgendwo.
Da tönte plötzlich Trommelschlag,
und Flötenspiel klang froh.
Es war eine muntre, bunte Schar,
die machte vor dem Rathaus halt.
Den Grund, weshalb sie gekommen war,
erfuhren die Leute bald.

2. Ein Mann in einem Federhut
rief: „Männer, hört mir zu!
Ich versprech euch Geld und Gut
und Ehre noch dazu.
Der Kaiser braucht euch, reiht euch ein!
Hängt nicht an Weib und Haus!
Es wird auch gar nicht lange sein,
zieht mit ins Feld hinaus!“

3. Im Wirtshaus war das Trinken frei,
bezahlt mit Kaisers Gold.
Und während dieser Zecherei
trat mancher in des Kaisers Sold.
Gab seiner Braut den Abschiedskuß,
versucht als Soldat sein Glück.
Sah nicht des Werbers Pferdefuß
und kommt nicht mehr zurück.

4. Mit Flötenspiel und Trommelschlag
ging's früh am Morgen fort.
Die Schar ward größer, denn es lag
am Weg noch mancher Ort.
Der Werber mit dem Federhut
macht sein Geschäft nicht schlecht,
versprach noch vielen Geld und Gut.
Dem Kaiser, dem war's recht.

5. Die Jahre gingen in das Land,
und von der großen Schar
gab's keinen, der nach Hause fand,
wie er gegangen war.
Der eine ließ ein Bein im Feld,
blind kam ein andrer an.
Die meisten hatte der Tod gefällt,
der jede Schlacht gewann.

6. Die letzten Tränen waren kaum
geweint, da waren sie
auch schon vergessen wie ein Traum.
Die Menschen lernen nie.
Und dann an einem Sommertag,
irgendwann und irgendwo,
da tönte plötzlich Trommelschlag,
und Flötenspiel klang froh.

Text und Musik: Arno Clauss

Die weiße Legion

1. Wir sind nicht für Kriege geboren,
zu besserem sind wir bestellt.
Gewaltlosigkeit unsre Sporen
zum Ritt in die menschliche Welt.

2. Fernab von dem Felde der Ehre,
wo Lorbeer aus Morden erblüht,
geht frei unser Schritt, Legionäre,
vom Geiste der Toten geführt.

3. Wer wagt es, dem Worte zu trotzen,
das Männer des Krieges geprägt?
Hoch über den Todesgeschossen
geht Liebe, die Völker vermählt.

4. Was blutig in Kämpfen errungen,
wird aufstehn im Kriege empört:
Macht Schluß, jeder Krieg ist erzwungen
von Menschen, die geistig gestört!

Text und Musik: Alo Hamm
Mit freundlicher Genehmigung des Autors

Wir träumen einen Traum

2. Wir träumen einen Traum, und wenn auch alle mahnen,
wir träumen einen Traum von einer bessern Welt.
Da sind die Helden mangelhaft, da sind die Eichen angesägt,
da ist die Wahrheit nicht gezinkt, da ist das Leben schön.

3. Wir träumen einen Traum und schenken ihm das Leben,
wir träumen einen Traum und machen uns die Welt.
Da ist der Mensch dem Menschen gleich, da ist der Christus ganz aus Fleisch,
da ist die Auferstehung wahr, da ist das Leben schön.

Text: Günter Hildebrandt, Musik: Peter Janssens
Aus: Leben wird es geben, Telgte 1975. Alle Rechte beim Peter Janssens Musikverlag, Telgte

Wozu brauchen wir Soldaten?

1. Wozu brauchen wir Soldaten?
Für den nächsten großen Krieg,
und den muß die Welt bald haben,
ganz egal, ob mit, ob ohne Sieg
für die kapitalen Christen
oder für die Kommunisten.
Und die Bomben und Raketen
werden töten, töten, töten!
Und der Kerl mit seiner Sense
schreitet über jede Grenze.
Wenn zuletzt fast alles, alles Leben tot ist,
kommt die Menschheit endlich mal ins Lot!

2. Und die Fahnen und die Orden
und den ganzen Scheißklimbim
und das Hassen und das Morden,
ja, das hat kein Mensch dann mehr im Sinn.
Keiner wird mehr kommandieren,
keiner wird mehr schikanieren.
Keine Herren, keine Knechte.
Alle haben gleiche Rechte,
Männer, Frauen, Oma, Opa.
Keine Grenze in Europa
von der Nordsee bis zum Felsen Gibraltar,
vom Ural bis an den Ozean!

3. Uniformen, Waffen, Helden
und die ganze Kriegerwelt
werden endlich nichts mehr gelten,
und der Ehrenlorbeerzirkusschmus entfällt.
Und die überflüssigen Götzen
wird dann Menschlichkeit ersetzen.
Und kein Vaterland gibt's mehr.
Das bedauert keiner sehr,
denn: Ein Vaterland zu erben
heißt, fürs Vaterland zu sterben.
Brüder, Schwestern, laßt uns für die Liebe leben
und gemeinsam in die Zukunft gehn!

Text: Anni Becker, Musik: volkstümlich tradiert
(„Wer will unter die Soldaten")
Mit freundlicher Genehmigung der Autorin

Lustig ist Soldatenleben

1. Lustig zu humanen Zwecken,
   seine Waffenpflicht zu tun,
   um im Gleichgewicht der Schrecken,
   sich vom Denken auszuruhn.
   Und was nun – und was nun ...

Lustig wird dann in Kasernen
den Rekruten sonnenklar:
Grüßen, Büßen, Schießen lernen
rettet uns vor Kriegsgefahr.
Wunderbar – wunderbar.
Lustig ziehen die Soldaten
ins Manöver mit Gesang.
Panzer, Bomber, Handgranaten
geben einen guten Klang
auf der Bank – auf der Bank.

2. Lustig ist Soldatenleben,
mancher hat sich totgelacht,
wenn die Bomben niederschweben.
Lustig ist es, wenn es kracht
Tag und Nacht – Tag und Nacht.
Lustig sind des Feldherrn Pläne,
lustig eingeplant zu sein,
er der Hobel – ihr die Späne,
mal ein Arm und mal ein Bein.
Das muß sein – das muß sein ...
Lustig, wenn Soldaten reisen
in die große weite Welt,
um der Nachwelt zu beweisen:
Jeder Deutsche ist ein Held,
wenn er fällt – wenn er fällt ...

3. Lustig, in der Schlacht zu siegen.
Fällst du aus und mußt zurück,
kannst du Heimaturlaub kriegen,
denn dir fehlt vom Rumpf ein Stück.
So ein Glück – so ein Glück ...
Laß dir nicht dein Leben stehlen,
Kriege müssen ja nicht sein.
Wenn sie wieder auf dich zählen,
dann sag Nein – dann sag Nein
dann sag: Nein ...

Text: Liselotte Rauner, Musik: Frank Baier
Mit freundlicher Genehmigung der Autoren

Neudeutsches Marschlied für Antimarschierer

1. Das Heupferd lebt im grünen Dill
und braucht nicht zu marschieren.
Auch kommt kein Vetrinär und will
das Heupferd gleich kastrieren.
Tags hüpft es seine Route,
nachts schläfts bei seiner Stute,
im Dill, im grünen Dill,
im Dill, im grünen Dill.

2. Der Haifisch schwimmt im grünen Sud
und braucht nicht zur Marine;
glaubt nicht an Kreuz und Kirchengut
und legt doch keine Mine!
Er glaubt an seine Zähne
und frißt sogar Kapläne,
im Sud, im grünen Sud,
im Sud, im grünen Sud.

3. Der Kuckuck wohnt im grünen Forst
in Sachsen wie in Bayern.
Er braucht keinen Fliegerhorst,
auch schmeißt er nicht mit Eiern.
Doch läßt er kleine Ballen
auf beide Deutschlands fallen,
im Forst, im grünen Forst,
im Forst, im grünen Forst.

Text: Fritz Graßhoff, Musik: Schobert Schulz
Mit freundlicher Genehmigung der Autoren

Autorennotizen*

Frank Baier, geb. 1943, Lehre als Werkstoffprüfer, Studium an der Maschinenbauschule Krefeld, Ingenieur; Skiffle, Folk und kritische Lieder seit 1963, Mitbegründer der Gruppe Kattong und der Aktionsgemeinschaft Strafgefangenen/Fürsorge-Hilfe, 1973–76 Gruppe Baier Westrupp, Sozialkritische Lieder, Knastsongs, Kinderlieder und Songs für Bürgerinitiativen; arbeitet zur Zeit an einer Sammlung historischer und neuer Bergarbeiterlieder; freier Mitarbeiter bei Rundfunk und Fernsehen.
Veröffentlichungen: Beiträge zu verschiedenen Anthologien, Singles und LPs. Dat muß doch auch wat Späßken bringen (LP), pläne; Walter h. c. Meier Pumpe (LP), songbird.

Michael Bauer, geb. 1947 in Kaiserslautern, Studium und Staatsexamen (Deutsch und Geschichte) in Mainz, seit 1974 öffentliche Auftritte und Erfolge als Autor, Sänger und Kabarettist; Kunstförderpreis des Landes Rheinland-Pfalz für Literatur 1975, Reisestipendium des Auswärtigen Amtes 1977, lebt in Mainz.
Veröffentlichungen: Gedichte und Prosa in zahlreichen Zeitungen, Zeitschriften und Anthologien; Dem Meier Jean soi Määnung, Gedichte, Mainz 1976; Mei Freundin hat die Pill vergeß, Lieder & Liedscher (LP); Schlaftablettenblues (Single), beide Bellaphon.

Anni Becker, geb. 1926 in Kaiserslautern, Lehrerin für bildende Kunst, Deutsch und Musik; Volkssängerin, Liedermacherin, Sammlerin altpfälzischer Lieder, Nürnberger Bardenpreis 1976 und 1977.
Veröffentlichungen: Sozialkritisch engagierte Lieder und Prosa in verschiedenen Anthologien und Zeitschriften; Die alten lieben Lieder (LP); Die neuen lieben Lieder (LP), beide da camera.

Wolf Biermann, geb. 1936 in Hamburg, siedelt 1953 in die DDR über, Studium der Philosophie und Politischen Ökonomie, zwei Jahre Regieassistent beim Berliner Ensemble, gründete und leitete das Berlinger Arbeiter- und Studententheater bis zur verfügten Auflösung des Ensembles 1963, 1965 Auftritts- und Veröffentlichungsverbot in der DDR, 1976 nach einer Reise in die Bundesrepublik Rückreiseverbot der DDR.
Veröffentlichungen: Die Drahtharfe, Berlin 1965; Wolf Biermann zu Gast bei Wolfgang Neuss (LP), Philips; Mit Marx- und Engelszungen, Berlin 1968; Vier neue Lieder (Single), Wagenbach; Chaussee-

* Wir danken den Autoren, die uns ihre Vita zur Verfügung gestellt haben.

straße 131 (LP), Wagenbach; Der Dra-Dra, Berlin 1970; Deutschland. Ein Wintermärchen, Berlin 1972; Das Märchen vom kleinen Herrn Moritz, München 1972; Für meine Genossen, Berlin 1972; Warte nicht auf bessre Zeiten (LP), CBS; aah-ja! (LP), CBS; Chile (Single), CBS.

Kristov Brändli, geb. 1947, Studium der Psychologie in Berlin, Theaterpraktikum, dramaturgische Tätigkeit für das Kindertheater West-Berlin.
Veröffentlichungen: Puppengeschichten und Mitarbeit für Kindersendungen des ZDF (Rappelkiste); Mitautor des Kinderkrimis Langfinger (Experimenta 75); Textfassung des Bilderbuchs von Hermann Altenburger: 5 vor 12 in Knuddelbach.

Karsten Bürgener, geb. 1939 in Stralsund, 1956 Mitglied des Zugvogel und Freundschaft mit Alo Hamm, dem Gründer dieses Jugendbundes; ab 1959 Studium der Theologie, seit 1966 Jugendarbeit als evangelisch-lutherischer Pastor.

Christiane und Fredrik, Christiane Knauf, geb. 1949, Diplom-Soziologin, Fredrik Vahle, geb. 1942, Studium der Germanistik und Politik, Doktorand der Sprachwissenschaft, wohnen in Salzböden bei Gießen.
Veröffentlichungen: Texte in verschiedenen Lied- und Lyrikanthologien; Die Rübe. Unerhörte Kinderlieder (LP), pläne; Die Maultrommel, Kinderlieder-Arbeitsheft, Dortmund 1974.

Arno Clauss, geb. 1947 im Rheinland, lebt jetzt in Berlin.
Veröffentlichungen: Lieder und Texte in Sammlungen und Liederbüchern; An Tante Gerti in Zons am Rhein (LP), Metronome; Karlchen, oder So kann es nicht weitergehen (Single), Ohr.

Franz Josef Degenhardt, geb. 1931 in Schwelm/Westf., Studium der Rechtswissenschaft, 1961 Assistent am Institut für Europäisches Recht in Saarbrücken, 1966 Dr. jur., seit 1969 Rechtsanwalt, 1971 Ausschluß aus der SPD, Mitgliedschaft im Internationalen PEN-Club, lebt heute in Quickborn bei Hamburg.
Veröffentlichungen: Bei Polydor: Rumpelstilzchen, Spiel nicht mit den Schmuddelkindern, Väterchen Franz, Wenn der Senator erzählt, Degenhardt – Live, Im Jahr der Schweine, Porträt Franz Josef Degenhardt, Die Wallfahrt zum Big Zeppelin, Mutter Mathilde, Kommt an den Tisch unter Pflaumenbäumen, Meine Lieblingssongs; Singles: Vatis Argumente, Sacco und Vanzetti; zwei Romane: Zündschnüre, Hamburg 1970, und Brandstellen, Hamburg 1975.

Alo Hamm, geb. 1915, Kaufmännische Lehre, Verwaltungsangestellter, seit 1927 Aktivitäten in der Bündischen Jugend, seit dem 2. Weltkrieg verstärkt mit dem Ideal der Gewaltlosigkeit; 1953 Gründung des Fahrtenbundes Zugvogel.
Veröffentlichungen: Silberspring. Liederreihe seit 1930 bis heute.

Birger Heymann, geb. 1943, Musikstudium in Berlin, schrieb Musik für das Studentenkabarett „Das Bügelbrett", später für das „Reichskabarett" und das „Grips-Theater", Komposition der Musik zum Jugendstück „Das hältste ja im Kopf nicht aus", musikalische Mitarbeit bei den Fernsehserien Sesamstraße, Rappelkiste und Spielmobil.

Rolf Hucklenbruch, geb. 1948 in Düsseldorf, Industriekaufmann, heute Student, war in den 60er Jahren Mitglied und Komponist der Duisburger Gospelgroup, mit der er mehrere Schallplatten und Fernsehaufnahmen sowie eine Deutschlandtournee für das Vietnam-Friedensdorf machte; 1970 Mitglied der Gruppe Kattong.
Veröffentlichungen: Sozialkritische und allgemein politisch engagierte Lieder; Stiehl dem Volk die Geduld (LP), Schwann, Texte für eine Kinderfernsehserie.

Peter Janssens, geb. 1934 in Telgte/Westf., Abitur, Musikstudium in Köln, Jugendmusikerzieher; Studium der Musikwissenschaft, Soziologie und Geschichte in Münster, gleichzeitig Repetitor am Opernstudio ebd., Tourneen.
Veröffentlichungen: Komposition zeitgenössischer Kirchenmusik, vor allem Lieder; Bühnenmusiken, Schallplatten-Produktion im eigenen Musikverlag; Heinrich-Heine-Revue; Die Bauernoper; Tucholsky-Revue.

Tom Kannmacher, geb. 1949 im Hochrheingebiet, Musikstudium (Gitarre), Auftritte und Konzerte mit historischen und neuen Liedern auf alten Folk-Instrumenten, Versuche zur Popularisierung der Drehleier, lebt in Wermelskirchen.

Inge Latz, geb. 1929 in Aachen, Abitur, Musikstudium und Staatsexamen in Köln, Ausbildung an der Fachschule für Gesang, Schauspiel und Oper in Düsseldorf, 1958–62 Musikpädagogin ebendort, seit 1974 Tätigkeit im Musikschulbereich; seit Beginn der 70er Jahre aktives politisches und soziales Engagement.
Veröffentlichungen: Kompositionen für Kinder (Klaviermusik, Chorsätze, Instrumentalsätze, Ballettmusik); Lieder für die Frauenbewegung; Die Bonner Blaustrümpfe singen Protest- und Spottlieder (LP), Selbstverlag.

Volker Ludwig, geb. 1937, seit 1961 freier Schriftsteller, Autor des „Reichskabaretts" von 1965–71 und seit 1969 auch des Kindertheaters (Grips-Theater) Berlin.
Veröffentlichungen: Kinderstücke (teils gemeinsam mit anderen Autoren), 3mal Kindertheater I bis III, Berlin 1971–75; Kabarett mit K, 1973; Die Geschichte von Trummi kaputt, 1973; Doof bleibt doof, 1974; Die große Grips-Parade (15 Lieder aus Stücken für das Grips-Theater) und weitere Schallplatten 1971–75.

Reinhard Mey, geb. 1942 in Berlin, Studium der Betriebswirtschaft, erste öffentliche Erfolge auf Burg Waldeck 1964, heute eine der etablierten Showgrößen des Chansons in der Bundesrepublik und in Frankreich, lebt wahlweise in Berlin und Paris.
Veröffentlichungen: Bei Intercord: Wie vor Jahr und Tag, Alles was ich habe, Mein achtel Lorbeerblatt, Ich bin aus jenem Holze, Reinhard Mey live, Aus meinem Tagebuch, Ankomme Freitag, den 13., Ich wollte wie Orpheus singen, Edition française, vol. 1 und 2, One vote for Tomorrow; Singles: Aber deine Ruhe findest du nicht mehr, Anabelle.

Klaus Moje, geb. 1936, lebt als Glasgestalter in Hamburg, Kompositionen zu engagiert kritischen Texten verschiedener Bereiche.
Veröffentlichungen: Gitarre vorm Bauch, 1970; Lieder aus der Großstadt, 1971; Probealarm, 1972; Wer will eine Rede hören (Kinderlieder), 1972.

Walter Moßmann, geb. 1941 in Karlsruhe, Studium der Soziologie, Germanistik und Politik in Freiburg, erste öffentliche Erfolge auf Burg Waldeck 1965, Chansons, sozialkritische Lieder, Aktivitäten für Bürgerinitiativen.
Veröffentlichungen: Lieder und Texte in verschiedenen Anthologien und auf Sammelplatten; Achterbahn (LP), Große Anfrage (LP), beide da camera.

Caroline Muhr (Charlotte Puhl), geb. 1925, Studium der Philosophie, Soziologie und Psychologie in Marburg und Köln, Promotion, 12 Jahre Berufstätigkeit beim U. S. Information Service; Engagement gegen ein falsches Rollenbild der Frau seit der Zeit des Nationalsozialismus, lebt in Bad Godesberg.
Veröffentlichungen: Neben Gedichten in Anthologien, Zeitungen und Zeitschriften zwei Buchveröffentlichungen: Depressionen, Köln 1970 (1978 im Fischer Taschenbuch Verlag, Bd. 2035); Freundinnen, München 1974.

Lieselotte Rauner, geb. 1920 in Bernburg/Saale, kaufmännische Lehre, Gesangs- und Schauspielausbildung, lebt seit 1948 in Wattenscheid, seit 1969 als freie Schriftstellerin, Mitglied im Verband Deutscher Schriftsteller, Mitbegründerin des Werkkreises Literatur der Arbeitswelt.
Veröffentlichungen: Der Wechsel ist fällig. Gedichte, Recklinghausen 1970; Wenn der Volksmund mündig wird, Slogans, Songs und Epigramme, Wuppertal 1973.

Thomas Rother, geb. 1937 in Frankfurt/Oder, Zeitungsredakteur, lebt in Essen; Zusammenarbeit mit den Liedermachern Bernd Witthüser, Frank Baier, Duisburger Gospelgroup u. a.
Veröffentlichungen: Arschleder zwickt, 1968; Teufelszacken, 1971; Wenn der Krummstab blüht – Märchen und Sagen neu erzählt, 1971; gemeinsam mit Rainer Goermann das Kinderstück Pong, 1971; Schrauben haben Rechtsgewinde, 1971.

Joachim Schmahl, geb. 1945, Ausbildung an der Falckenbergschule in München, zwei Jahre Schauspieler in Dortmund, 1971–73 Mitarbeit am Berliner Grips-Theater, dann Tätigkeit am Schauspielhaus Bochum und Gründung des Kindertheaters Bollerwagen gemeinsam mit seiner Frau Jutta-F. Schmidt; Theaterstücke für Kinder, Kinderlieder.

Wolfgang Schmölders, geb. 1945, Studium der Theologie in München und Innsbruck, 1970 Priesterweihe, 1972 Promotion, seit 1973 Mitarbeit bei den Werkstattagungen Neues geistliches Lied.

Wolfgang Schulz, geb. 1941 in Stettin, zunächst gemeinsame Arbeit mit Reinhard Mey, seit 1965 mit Lothar Lechleiter Duo Schobert & Black, Auftritte in Kneipen, auf Folk-Treffs und Festivals, vor allem im Bremer Musikladen.
Veröffentlichungen: Das Holzschnitzelwerk, Mein einziger Freund, Schobert & Black – lebend, Wir für euch, Gut geht's uns (alle Telefunken); Die singenden Bärte, Deutschland oder: Was beißt mich da? Burg Waldeck – live, Makaber macht lustig (alle Intercord); Löns mir ein grünes Lied (Philips) sowie mehrere Singles.

Dieter Süverkrüp, geb. 1934 in Düsseldorf, Graphiker, Jazzmusiker, Funk- und Fernsehjournalist, Protestsänger und Komponist, lebt in Düsseldorf.
Veröffentlichungen: Kürbiskern Song-Buch, München 1968; Da habt ihr es, Hamburg 1968; Ça ira (LP), Eterna DDR; Übersetzung von G. Semmer bei pläne; Warnung – Rattengift ausgelegt, Ein Lied

– drei, vier, Fröhlich ißt du Wiener Schnitzel, Die widerborstigen Gesänge, Vietnam, Wir wollen dazu was sagen – Neue Lieder gegen die Bombe, alle bei pläne.

Jürgen Tamchina, geb. 1943, Studium der Geographie, Germanistik und Musik, heute tätig als Lehrer, Dozent und Schauspieler, schreibt Kinderbücher, Kinderlieder und -hörspiele, Autor und Komponist in der Kinderserie des ZDF Die Rappelkiste.

Jochen Unbehaun, geb. 1941, kaufmännische Lehre, Musik- und Pädagogikstudium, heute Lehrer in Lüneburg.
Veröffentlichungen: Beiträge in verschiedenen Liederbüchern und Zeitschriften; Kinderbücher: Die Krügelsteiner und die Räuber, 1973; Die Nacht im Mittelalter, 1975; Die Rübenschlacht – Erzählung, 1973.

Uwe Wandrey, geb. 1939, Schiffbautechniker, 1960 Abendabitur, Studium der Germanistik, Philosophie und Geschichte, 1966 Gründung eines eigenen Verlages, seit 1971 Herausgeber der Kinder- und Jugendbuchreihe rororo rotfuchs.
Veröffentlichungen: Reizreime, 1966; Kampfreime, 1968; Lehrzeitgeschichten, 1973; Gedichte in verschiedenen Anthologien und Zeitschriften; Alles gelogen (Jugendbuch), 1975; Feindberührung, Roman, 1976.

Hildegard Wohlgemuth, geb. 1917 in Wanne-Eickel; Mitglied der Gruppe 61, Dortmund; arbeitet seit 1960 mit Klaus Moje zusammen, lebt in Hamburg.
Veröffentlichungen: Gedichte. Neue Industriedichtung, Recklinghausen 1965; Vom Brötchen, das ein Hochzeitskuchen werden wollte, 1969; Probealarm (LP), Schwann; Wen soll ich nach Rosen schikken, Gedichte, Balladen, Chansons, Wuppertal 1971; Auch ich – auch du, Gedichte, Berlin 1975; Gedichte und Erzählungen in Anthologien, Zeitschriften und Schulbüchern.

Gesellschaft und Politik in der Bundesrepublik

Karl Heinz Balon/
Joseph Dehler/
Bernhard Schön (Hg.)
Arbeitslose: Abgeschoben, diffamiert, verwaltet
Arbeitsbuch für eine alternative Praxis. Originalausgabe Band 4204 (Dezember '78)

Brauns/Jaeggi/Kisker/
Zerdick/Zimmermann
Die SPD in der Krise
Die deutsche Sozialdemokratie seit 1945
Originalausgabe Band 6518

Hendrik Bussiek
Bericht zur Lage der Jugend
Originalausgabe Band 2019

Bernt Engelmann
Wir Untertanen
Ein deutsches Anti-Geschichtsbuch Band 1680
Einig gegen Recht und Freiheit
Deutsches Anti-Geschichtsbuch 2. Teil
Band 1838

O wie oben
Wie man es schafft, ganz O zu sein. Band 1454

Jürgen Roth
Armut in der Bundesrepublik
Über psychische und materielle Verelendung
Band 1427

Wolf Wagner
Verelendungstheorie – die hilflose Kapitalismuskritik
Band 6531

Ernst Klee
Gefahrenzone Betrieb
Verschleiß und Erkrankung am Arbeitsplatz
Originalausgabe Band 1933

Psychiatrie-Report
Originalausgabe Band 2026

Tilmann Moser
Jugendkriminalität und Gesellschaftsstruktur
Zum Verhältnis von soziologischen, psychologischen und psychoanalytischen Theorien des Verbrechens
Band 6158

Hermann Giesecke/
Arno Klönne/Dieter Otten (Hg.)
Gesellschaft und Politik in der Bundesrepublik
Eine Sozialkunde
Originalausgabe
Band 6271

Urs Jaeggi
Kapital und Arbeit in der Bundesrepublik
Elemente einer gesamtgesellschaftlichen Analyse
Band 6510

Fischer Taschenbücher